AF142861

Les Chroniques d'une Quête

Les Chroniques d'une Quête

Rémy LECORNEC

Le Livre-JDR

Hissfon. La ténébreuse époque du Tanbus-Erhlenam a laissé des séquelles dans les Terres Mandrares. Le Nécromancien Thâar, déchu, a pu réunir de nombreux fidèles à travers les contrées éloignées, jusque dans les Terres des Confins. Le puissant sceptre des Cinq Morts a disparu de la surface d'Hissfon. Il est dit que cette arme redoutable est tombée entre de mauvaises mains et c'est grâce à elle que le terrible Nécromancien pourra revenir afin de répandre les ténèbres à travers tous les royaumes.

Au sein de la Citadelle sombre de Shâltara, qui se situe dans le putride Quatrième Royaume, la présence maléfique de Thâar s'est fait ressentir. Grâce au sceptre, déjà oublié de tous, il a pu reprendre vie et s'est décidé à faire tout ce qui était en son pouvoir pour éliminer le lien étroit qui unit les cinq Mages : le Pacte d'Auttum. Ce texte sacré régit la façon dont la magie doit être maintenue sur Hissfon, la distribution des terres aux Mages ainsi que l'union des rois de tous les royaumes. Le but ultime du Nécromancien : capturer les Mages les uns après les autres afin d'affaiblir ce lien unique pour lui permettre de répandre la mort et reprendre le contrôle tant désiré des cinq royaumes.

L'heure a sonné pour vous. L'appel des trois Guerriers d'Auttum a retenti et vous seul pouvez entreprendre la dernière quête offerte par le Mage Donnhum. Il vous est demandé de retrouver les Mages disparus afin de rétablir l'équilibre dans les Terres Mandrares mais aussi de mettre fin au règne tant redouté du Nécromancien Thâar. Préparez votre personnage dès maintenant : le Lancier Kenthaë.

Les Règles

Ce livre-JDR (*Jeu de Rôle*) va vous permettre de créer votre propre histoire dans les terres peuplées d'Hissfon. Muni de quelques outils réels, tels qu'un crayon, une gomme, la feuille de quête (recopiée ou imprimée, ce serait dommage de raturer ce bouquin !) et de temps libre, vous allez vous constituer les caractéristiques de votre personnage, lire attentivement ces règles de jeu et de bienveillance puis entamer votre quête ultime dans les Terres Mandrares et au-delà.

1. CARTE D'HISSFON

Une carte complète vous est fournie en début de pages, n'hésitez pas à la consulter pour connaître votre avancée. Vous pourrez éventuellement l'imprimer pour faciliter cette progression ou vous rendre sur le site web (www.rlecornec.com) en parallèle du livre pour qu'elle devienne plus interactive.

2. LES DES

Munissez-vous de deux dés classiques à 6 faces. Ceux-ci serviront à la fois à constituer votre feuille de quête (*FDQ*) mais aussi lors de votre aventure, vous pourrez tout aussi bien tomber sur des ennemis qu'il vous faudra combattre ou encore afin de monnayer un repas ou un objet à l'achat. Dès qu'il est demandé de les lancer, un seul lancé n'est autorisé, personne ne pourra vous contester, certes, mais ce n'est qu'un principe « fairplay » !

3. LA FEUILLE DE QUETE (FDQ)

Il est temps de remplir votre FDQ ! Comme stipulé plus haut, disposez de celle-ci puis suivez les instructions ci-après :

Héros : Notez le nom de votre Héros : Kenthaë !

Points de vie : Lancez un seul dé puis multipliez la valeur par le nombre indiqué sur la fiche du personnage. Vous obtenez ses points de vie. Ceux-ci détermineront votre avancée, si vous atteignez 0, vous êtes mort. Il sera obligatoire de revenir à la première page et de remettre à zéro les valeurs de tous les champs, puis relancer les dés pour chaque champ à modifier.

Niveau : Vous commencez au niveau 1. Lorsqu'il est indiqué « *Vous gagnez 1 niveau, félicitations !* » vous devrez incrémenter ce champ et rajouter les points affichés sur la page en cours à toutes les compétences stipulées.

Bourse : Lancez les deux dés et multipliez la valeur par le nombre indiqué sur la fiche du personnage. Ce montant indiquera votre nombre de pièces d'or (*PO*). Elles vous permettront d'acheter différents objets ou repas afin, par exemple, de reprendre des points de vie ou d'améliorer votre force.

Force : Lancez un seul dé puis multipliez la valeur par le nombre indiqué sur la fiche du personnage. Plus le nombre est élevé, plus facilement vous combattrez vos ennemis, dans le cas contraire, choisissez bien vos armes, ce sera vital !

Armure : Lancez un seul dé puis multipliez la valeur par le nombre indiqué sur la fiche du personnage. Un nombre plus élevé vous permettra de parer les coups de vos ennemis, si celui-ci est trop faible, vos points de vie seront réduits au point d'atteindre 0, ce qui signifie la mort de votre héros et donc la fin de votre quête !

Armes : Notez ici les armes que vous récupérez et leurs points de force à cumuler aux vôtres lors de combats. Vous ne pouvez porter que 3 armes au maximum et n'en utiliser qu'une seul lors des combats (Voir la section « Combats » ci-après). Choisissez-les bien !

Potions : Besoin d'un petit remontant ? Les potions, si vous en récoltez, vous garantirons un maintien de vos points de vie. Vous ne pouvez pas combattre ET boire une potion en même temps, ce serait trop simple ! (Voir la section « Combats » ci-après).

Besace / Divers : C'est fou ce que l'on peut ramasser comme choses étranges lors d'une quête… Des objets divers et variés, des reliques, des clés… Tout n'est pas utile, mais certains d'entre eux vous laisseront peut-être traverser des lieux interdits ou encore ouvrir des coffres bien garnis !

Lorsque vous verrez ce symbole, vous pourrez rajouter +1 à la case « Niveau » et incrémenter les valeurs octroyées au moment du passage au niveau supérieur. Prenez ceci comme un bonus d'avancée, qui pourra, parfois, vous être très utile !

4. LES COMBATS

Tout jeu de rôle implique une aventure parsemée d'obstacles, voire de combats. Il y a bien sûr des règles à respecter afin de progresser dans ce livre-JDR, les enfreindre n'est toléré ni par l'assemblée des Mages ni par le conseil des Guerriers d'Auttum ! En somme, ce n'est pas fairplay, et si l'envie vous prenait d'outrepasser un combat, par exemple, votre honneur de Héros des Terres Mandrares en serait bafoué. Toutefois, si vous acceptez de jouer correctement, suivez les règles suivantes :

Avant le combat : Vérifiez impérativement le niveau de la créature que vous allez affronter. Si son niveau est supérieur au vôtre, un handicap vous sera attribué et vous risquez de perdre le combat, la mort est votre seule fin. Si, au contraire, il est inférieur ou égal au vôtre, tenez le combat et obtenez des récompenses, vous avancerez ainsi dans votre quête. Il vous est permis de vous défiler mais attention : seuls les dés vous le permettront et vous écoperez de blessures parfois graves.

Pendant le combat : Suivez les instructions de chaque combat, lancez les dés et faites perdre le maximum de points de vie à la créature. Lorsque son total de points atteint 0, vous sortez vainqueur et continuez votre avancée. Si, par mégarde, votre niveau de vie atteint 0 avant celui de la créature, vous êtes mort ! Vous n'avez plus qu'à revenir à la première page du livre-JDR et créer une nouvelle FDQ.

IMPORTANT : 1er exemple de combat contre une créature plus forte que vous en points d'Armure mais plus faible en points de Force :

Vous : Force : 35 pts ; Armure : 25 pts ; Vie : 100 pts

La créature : Force : 30 pts ; Armure : 34 pts ; Vie : 120 pts

La procédure de combat stipule que vous ajoutez +3 à vos lancers de dés parce que vous avez plus de force mais que vous déduisez -3 à vos lancers de dés parce que votre armure est plus faible. Donc, vous ajoutez 0 *(soit le bonus +3-3)* quand vous lancez vos dés. La procédure de combat stipule ensuite que si vos lancers de dés (hors bonus) sont inférieurs à 5, vous perdez la somme des dés en pts de vie + votre bonus, si la somme (hors bonus) est supérieure ou égale à 6, vous infligez les dégâts à la créature + votre bonus.

2e exemple de combat contre une créature plus faible en tous points :

Vous : Force : 35 pts ; Armure : 25 pts ; Vie : 100 pts

La créature : Force : 30 pts ; Armure : 20 pts ; Vie : 120 pts

La procédure de combat stipule que vous ajoutez +3 à vos lancers de dés parce que vous avez plus de force et que vous ajoutez +3 à vos lancers de dés parce que votre armure est plus forte. Donc, vous ajoutez 6 *(soit le bonus +3+3)* quand vous lancez vos dés. La procédure de combat stipule ensuite que si vos lancers de dés (hors bonus) sont inférieurs à 5, vous perdez la somme des dés en pts de vie + votre bonus, si la somme (hors bonus) est supérieure ou égale à 6, vous infligez les dégâts à la créature en pts de vie + votre bonus.

Après le combat : selon le résultat des lancers de dés, vous pouvez remporter le combat et continuer votre avancée. Si vous ramassez un butin, n'oubliez pas de le rajouter à votre FDQ. Des combats pourront vous permettre de gagner des niveaux, ce sera indiqué au moment opportun et signalé par le pictogramme en forme de dragon. Ouvrez bien les yeux…

5. LES ARMES

Vous trouverez tout au long de votre histoire différentes armes à récupérer. Soit lors de combats, soit dans les étals des forgerons. Vous débuterez d'ailleurs avec un choix à faire parmi trois armes : dague, épée à une main, hache à deux mains ou encore lance. Vous commencez donc avec une seule arme, à savoir que vous ne pouvez porter plus de trois armes à la fois (dont une seule en combat). Si vous trouvez un armement plus intéressant mais que votre liste est complète, vous devez d'abord vous débarrasser de l'une d'entre elles afin de pouvoir récupérer la nouvelle.

Dans le cas où vous portez deux ou trois armes, seuls les points d'avantages (Force, Armure, etc.) de celle que vous portez à la main en permanence sont comptabilisés. Si vous décidez de changer d'arme, appliquez les points d'avantages à votre personnage après avoir pris soin de déduire ceux de l'ancienne arme.

Par exemple : votre total de points de Force est de 150 pts. Vous portez une arme qui vous a ajouté 20 pts, votre base de points est donc de 130 pts (*150 – 20*). Si vous récupérez une arme principale à 30 pts, votre total passe à 160 pts (*130 + 30*). Tout simplement.

Vous trouverez à la fin du livre-JDR des pages dédiées aux armes que l'on peut trouver sur Hissfon. De l'arme commune à la légendaire, tout y est !

IMPORTANT : Notez que le personnage que vous incarnerez ne peut porter comme arme que ce qui est indiqué sur sa fiche, vous ne pourrez donc pas, par exemple, laisser Kenthaë empoigner une épée à deux mains avec un bouclier ! Comme toujours, il est question de fair-play, ne contournez pas les règles.

6. Le bestiaire

À la fin du livre-JDR se cache, ou tout du moins est présent, un bestiaire. Ces pages dédiées aux différentes créatures que vous pourrez rencontrer lors de votre ultime quête. Leur niveau, leurs points de vie, de force et éventuellement d'armure y sont présents, de quoi vous préparer à de futurs combats !

Votre Personnage

LE LANCIER KENTHAË

Rapide et ordonné, il réfléchit à deux fois avant d'entreprendre une action. Ses liens diplomatiques avec les rois, dont le Roi Bérum, et les Mages, lui confèrent une évolution de niveau plus rapide mais également un maniement des armes sans pareille.

FORCE...................... *9 pts x 1 dé*

POINTS DE VIE .... *65 pts x 1 dé*

BOURSE.................... *3 po x 2 dés*

ARMURE.................... *18 pts x 1 dé*

La Feuille de Quête

⚔ Feuille de Quête ⚔

Héros

Points de vie

Niveau

Bourse
(pièces d'or)

po

Force

pts

Armure

pts

Armes (max. 3)

Potions (max. 10)

Besace / Divers

Les Chroniques
d'une Quête

Prêt(e) ?

Que votre ultime quête commence !

L'APPEL

Hissfon. Dans les Terres Mandrares plus exactement. Après deux cents cycles de paix et de prospérité, le Mal s'est réincarné dans un être abominable et vient tout juste de reprendre possession de son fief : la Citadelle Noire de Shâltara. À l'Ouest, les tambours de guerre raisonnent à nouveau dans les contrées du Quatrième Royaume, territoire aride où toute vie n'est plus. Le Nécromancien Thâar, puissant mage noir, compte allier les plus terrifiantes abominations tels que les Sorciers de Tehala ou encore les Trolls de Nankage afin de répandre la mort à travers Hissfon.

Les messages virevoltent à travers les royaumes. La Grande Guerre est annoncée. Un destin funeste attend les Artéliens qui oseront battre le fer contre l'armée sombre du Nécromancien.

Le Mage Donnhum, le plus puissant des cinq et allié de la couronne, et le Roi Bérum, souverain du Royaume de Fahl, sont contraints de faire appel aux trois Guerriers du Bien afin de répondre à la menace venue de l'Ouest. Le grand magicien ayant déjà eu recours à cette demande par le passé, a conseillé au suzerain de choisir les meilleurs gardiens du Pacte d'Auttum.

Si besoin, revenez en arrière dans le livre-JDR pour comprendre les règles de base. Vous allez naviguer de pages en pages, manipuler votre FDQ très souvent et faire des choix. Comme dit précédemment, vous ne pourrez pas revenir en arrière après avoir fait un choix. Modifiez autant que possible votre FDQ en fonction des éléments mis à votre disposition et parcourez les Terres Mandrares et au-delà… Préparez-vous !

Vous débutez votre aventure avec le lancier Kenthaë,
rendez-vous à la page 58

DIRECTION SHALTARA

Vous regardez Carhâa. Son regard perdu vers l'horizon. Vous savez que vous courez un grave danger en vous approchant si près de la Citadelle Noire de Shâltara, mais votre quête vous y oblige. Retrouver la Relique de Faln-Lannar est votre priorité. Vous prenez votre courage à deux mains et lui demandez :

- Tu as l'air pensive, je me trompe ?
- Je… Je pense à la direction que prennent les choses. Il est dangereux de s'aventurer si loin à l'Ouest, tu le sais.
- Je sais bien, mais tu n'as dit mot depuis notre départ de Ponthal.
- Tu comprends la raison pour laquelle je suis dans cet état, vous confie-t-elle.
- Certes, mais cette rencontre n'est pas anodine. Cet ancien paladin a l'air de savoir plus de choses que nous pouvons l'imaginer.
- C'est normal ! Rétorque la jeune femme, il a parcouru le monde, le Roi Gan-Trê était connu pour envoyer ses émissaires à travers toutes les contrées. Son but était de garder la confiance des peuples et surtout des reines et rois des autres royaumes.
- Tu lui fais confiance ?
- Bien sûr, sinon nous n'irions pas en direction de la Citadelle Noire ! Si nous-mêmes ne lui faisons pas confiance, alors qui le fera ?
- Tu raison m'amie. Alors, je lui fais confiance.

Vous vous arrêtez soudainement lorsque, de nulle part, surgit un Névrigien, sûrement un éclaireur. Il n'a pas le temps de déguerpir qu'Artémion lui lance une dague en plein

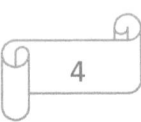

cœur. Sa mort est instantanée. Mais juste avant d'être fauché, il a émis un cri si strident que vous vous bouchez les oreilles :
-   Il a lancé un appel à l'aide ! Remarquez-vous. Nous devons partir au plus vite !

Tout juste avez-vous terminé votre phrase qu'un groupe se pointe juste devant vous. Vous sautez de votre cheval et empoignez votre arme. Chacun de vous se met en position vous les repousser. Le plus grand s'approche de vous et vous met en joue.
Un combat commence, utilisez votre FDQ et vos dés afin d'entamer la partie.

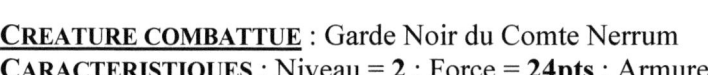

CREATURE COMBATTUE : Garde Noir du Comte Nerrum
CARACTERISTIQUES : Niveau = **2** ; Force = **24pts** ; Armure = **24pts** ; Points de Vie = **60pts**

➢   Si votre niveau est **supérieur ou égal à** celui de la créature, continuez le combat, s'il **inférieur**, multipliez par **2** tous les points de vie de la créature, sinon, vous fuyez selon le dernier paragraphe ci-après*

➢   Si votre nombre de points d'armure est **supérieur ou égal à** celui de la créature, rajoutez **3** à tous vos lancers de dés, s'il est **inférieur**, déduisez **3** de tous vos lancers de dés.

➢   Si votre nombre de points de force est **supérieur ou égal** à celui de la créature, rajoutez **3** à tous vos lancers de dés, s'il est **inférieur**, déduisez **3** de tous vos lancers de dés.

➢   Lancez les deux dés, si le total est **supérieur ou égal à 9** (comptabilisez la somme des dés), vous infligez

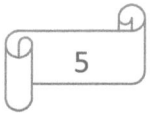

des dégâts et la créature perd le même nombre de points de vie indiqués par la somme. Si le total est **inférieur à 9** (comptabilisez la somme des dés), vous perdez le même nombre de points de vie, que vous déduisez de votre *FDQ*. Répétez le lancer jusqu'à ce que le total des Points de Vie de la créature ou de vous-même atteigne **0**.

➢ Si vous souhaitez utiliser une potion de vie, lancez les dés, si le total est **supérieur ou égal à 6**, vous gagnez les Points de Vie de la potion, sinon vous ne pouvez pas l'utiliser pendant les deux prochains tours. Vous relancez les dés normalement.

➢ *Si vous souhaitez fuir, vous devez lancer les dés, si le total est **supérieur ou égal à 6**, vous fuyez et perdez **40pts de vie** et **ne récoltez pas le butin**, allez directement à la **page 130** ! Si le total est **inférieur à 6**, vous restez face à la créature et perdez **20pts de vie** !

Si vous sortez vainqueur, **rendez-vous à la page 130**

Si vous perdez ce combat, vous êtes mort, **rendez-vous à la page 1 et recommencez depuis le début**

LA CITE ROUGE

Cette embuscade de soldats à la solde du Seigneur Kalranh vous a laissé perplexe. Vos doutes vont grandissant mais vous ne perdez par de vue votre objectif.

Vous gravissez un nombre incalculable de marches, toutes aussi exiguës les unes que les autres. Artémion manque même de tomber dans le vide à plusieurs reprises. Cette montée vous fatigue, vous perdez **5 points de vie** !

Vous arrivez enfin au sommet de cette montagne aux couleurs rouges, les parois de l'immense cavité qui accueille cette forteresse semblent se prolonger à l'infini. Quelques marches et vous voilà sur le parvis d'une grande place pavée. Le marbre luisant se fond dans les reflets éclatants de la montagne. Vous restez ébahis face à tant de beauté. Hamaya vous demande de la suivre tout en restant discret.

Ces péripéties à travers les profondeurs du Puy Méfron vous font **gagner un niveau supplémentaire**, félicitations !
Vous pouvez rajouter +1 à votre FDQ, case « Niveau ».
Ce changement de niveau vous octroie :

> ➢ **+7 pts de Force**
> ➢ **+5 pts d'Armure**
> ➢ **+39 pts de Vie**
> ➢ **+8 PO**

Vous suivez la jeune femme, **rendez-vous à la page 148**

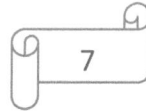

CITADELLE DE MOPREM

Le soleil reflète ses rayons sur l'immense tour du Mage qui culmine à plus d'une centaine de têtes d'hommes. Les étals encore présents se raréfient, les fermiers et autres chasseurs n'osent plus s'aventurer loin de la citadelle de Moprem.

Le Mage Tohn-Mâ vous accueille, toujours bienveillant. Il vous invite à le suivre dans la bibliothèque située au pied de la tour. Une fois arrivés dans cette pièce aux multiples étagères remplies de grimoires plus ou moins écornés selon leur contenu, le magicien prend place sur un fauteuil en cuir qui paraît assez confortable :

- Mes jeunes amis, je vous ai faits venir dans ma cité car le temps est à la guerre. Vous savez déjà que trois de mes compagnons, les Mages Veilhun, Tannelu et Altimh ont été capturés par les sbires du Nécromancien Thâar. Celui-ci devient plus puissant chaque jour. De notre côté, nous devenons de plus en plus faibles. Le lien étroit qui unit les cinq Mages s'amenuise. Si ce lien est détruit, notre magie si puissante n'aura plus aucun effet contre le nécromant.
- Qu'attendez-vous de nous, maître ? Demandez-vous. Nous ne pouvons être éloignés trop longtemps du Pacte des cinq.
- Un long voyage vous attend jeunes gens, rétorque le magicien, celui-ci sera parsemé d'embûches, vous devrez combattre soit des sorciers soit des Trolls de Nankage. Nous avons remarqué assez récemment leur progression à destination du Quatrième Royaume. Le Nécromancien crée son armée, il ne tardera pas à entrer en guerre rapidement. Il a déjà fait partir une première vague d'éclaireurs au Sud des Terres Mandrares. Vous êtes les protecteurs du Pacte, votre

destin est de tout faire pour rétablir ce lien qui s'affaiblit.

- Nous ferons ce que vous nous demandez et nous agirons au plus tôt.
- Bien. Je vous offre la possibilité de choisir votre destination. Vous pouvez vous rendre dans le Sud, au Port d'Eflo afin de partir en reconnaissance, ou alors en direction du Nord, vers Bäl-Geren, la Relique de Faln-Lannar devrait y être mais nous n'avons plus de nouvelle du gardien qui la protège. Que souhaitez-vous faire ?

Vous choisissez de partir dans le Sud, au Port d'Eflo, en reconnaissance, **rendez-vous à la page 139**

Vous choisissez de partir dans le Nord, à Bäl-Geren, vérifier la présence de la Relique de Faln-Lannar, **rendez-vous à la page 24**

DANS UNE IMPASSE

Vous n'aviez jamais vu de goule auparavant. Ces corps disloqués qui se mettent à danser dans tous les sens dès lors qu'ils croisent un ennemi en font une cible complexe. Si vous êtes touché par l'une de ces créatures, certains disent que votre corps se met à fondre, la chair se sépare de vos membres et vous finissez liquéfié, en un instant. Mais vous connaissez les légendes, vous lisez souvent de vieux livres qui content des histoires aussi farfelues les unes que les autres. Mais loin de vous l'idée de tenter la prochaine fois d'en approcher une sans votre arme !

Les couloirs s'enchaînent dans les tréfonds de cette forteresse putride. Les parois suintent, la Mort est partout. Vous croisez des geôles dont les cadavres ne sont plus que squelettes. Ou du moins, ce qu'il en reste. Des expériences horribles hantent le moindre recoin, la moindre pièce. Les Sorciers de Tehala sont connus à travers les royaumes pour psalmodier leurs sortilèges sur les prisonniers. Vous n'avez plus de temps à perdre, vous devez trouver la Relique de Faln-Lannar dès à présent. Au bout d'un énième couloir, deux portes vous font face. L'une a une poignée noire en forme de dragon et l'autre, plus petite, est formée d'une poignée rougeâtre, simplement ronde. Que faites-vous ?

Vous ouvrez la porte à la poignée noire, **rendez-vous à la page 135**

Vous ouvrez la porte à la poignée rouge, **rendez-vous à la page 95**

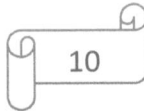

L'INATTENDU

La magie est présente dans chacun des recoins de la bâtisse dans laquelle vous entrez. Vous suivez le haut dignitaire et tentez de dialoguer avec lui mais plus aucun mot de sort de sa bouche. Il reste muet.

Après avoir franchi un escalier en colimaçon interminable, vous atteignez le sommet d'une tour. Les rayons de soleil de fin d'après-midi pénètrent dans la pièce à travers de grandes fenêtres somptueusement décorées. Une bibliothèque fait face à l'entrée tandis qu'un vieux secrétaire fait office de rangement pour des grimoires en décomposition :

- C'est ici que le Mage Donnhum venait pour méditer, raconte le vieil homme. Mais sa venue se faire rare. Il sait déjà tout ce qu'il doit savoir sur le nécromant. Attendez ici, ordonne-t-il.

Vous n'avez même pas le temps de répondre que le haut dignitaire quitte la petite pièce, vous laissant seuls, sans le moindre garde. Le temps passe mais personne ne vient à votre rencontre. Vous commencez à vous demander la raison pour laquelle l'homme ne revient pas. Locklhan, impatient, vous somme d'agir. Il connaît les traquenards qui l'ont, par le passé, mené dans des impasses où la mort n'était que la seule issue.

Vous préférez attendre, **rendez-vous à la page 122**

Vous voulez agir dès maintenant, **rendez-vous à la page 151**

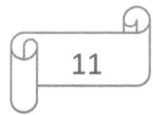

BAR-HEDIT

Vous décidez de suivre la jeune Hamaya, fille du Seigneur Kalranh. Vous doutez de ce choix mais l'avenir des Terres Mandrares est entre vos mains. Vous ne devez laisser par aucune occasion.

Vous laissez vos chevaux sur le côté, attachés à un tronc d'arbre, afin de continuer votre route. Vous entamez votre entrée dans le gouffre d'Hal-Haraon. Tout est sinueux et certains trous vous happent du simple fait de les regarder. La peur du vide vous transcende, mais vous continuez votre route à travers les méandres des volcans du Puy Méfron.

Après un enchevêtrement d'escaliers venteux et humides, vous tombez nez à nez avec une immense grotte. Si grande, que les reflets rougeâtres des parois se reflètent dans tous les sens. En face de vous se dresse un pont de pierre, puis, dans le prolongement, l'équivalent d'une montagne sous la montagne. Elle est vertigineuse et vous donne l'impression d'être infranchissable. Hors de question de rebrousser chemin, vous avez promis à la jeune femme de l'aider à récupérer sa place au sein de sa famille, en détruisant le sortilège qui dévie son allégeance.

La traversée du pont vous semble une éternité, pourtant vous marchez à la hâte avec vos amis derrière vous et Hamaya devant. À peine l'avez-vous franchi, qu'une flèche vient se planter à proximité de vos pieds. Vous regardez en l'air et apercevez un archer au sommet d'une première rangée de marches. Au pied de cet escalier, un soldat vous tient en joue avec son épée pointée vers le groupe. Vous entendez un cri qui somme la charge « À l'attaque ! Pour le Seigneur Kalranh ! ».

Un combat commence, utilisez votre FDQ et vos dés afin d'entamer la partie.

CREATURE COMBATTUE : Soldat du Seigneur Kalranh
CARACTERISTIQUES : Niveau = **2** ; Force = **24pts** ; Armure = **20pts** ; Points de Vie = **40pts**

- ➢ Si votre niveau est **supérieur ou égal à** celui de la créature, continuez le combat, s'il **inférieur**, multipliez par **2** tous les points de vie de la créature, sinon, vous fuyez selon le dernier paragraphe ci-après*

- ➢ Si votre nombre de points d'armure est **supérieur ou égal à** celui de la créature, rajoutez **3** à tous vos lancers de dés, s'il est **inférieur**, déduisez **3** de tous vos lancers de dés.

- ➢ Si votre nombre de points de force est **supérieur ou égal** à celui de la créature, rajoutez **3** à tous vos lancers de dés, s'il est **inférieur**, déduisez **3** de tous vos lancers de dés.

- ➢ Lancez les deux dés, si le total est **supérieur ou égal à 5** (comptabilisez la somme des dés), vous infligez des dégâts et la créature perd le même nombre de points de vie indiqués par la somme. Si le total est **inférieur à 5** (comptabilisez la somme des dés), vous perdez le même nombre de points de vie, que vous déduisez de votre *FDQ*. Répétez le lancer jusqu'à ce que le total des Points de Vie de la créature ou de vous-même atteigne **0**.

- ➢ Si vous souhaitez utiliser une potion de vie, lancez les dés, si le total est **supérieur ou égal à 6**, vous gagnez les Points de Vie de la potion, sinon vous ne pouvez pas l'utiliser pendant les deux prochains tours. Vous relancez les dés normalement.

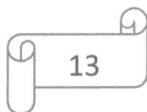

➤ *Si vous souhaitez fuir, vous devez lancer les dés, si le total est **supérieur ou égal à 6**, vous fuyez et perdez **40pts de vie** et **ne récoltez pas le butin**, allez directement à la **page 7** ! Si le total est **inférieur à 6**, vous restez face à la créature et perdez **20pts de vie** !

Si vous sortez vainqueur, le soldat laisse tomber une besace contenant **3PO + 1 POTION DE FORCE BASIQUE + 1 PLAN DE LA CITADELLE NOIRE DE SHALTARA** que vous glissez discrètement dans votre poche, **rendez-vous à la page 7**

Si vous perdez ce combat, vous êtes mort, **rendez-vous à la page 1 et recommencez depuis le début**

SHALTARA

Vous vous accroupissez cachés derrière un rocher afin de n'être vus de personne. Elle vous fait face. Ses cimes plantées dans le ciel, entourées de nuages épais. Ses remparts solides et infranchissables, faits d'une roche aussi noire que l'ébène. Des sursauts de lueurs à quelques endroits résultant d'expériences menées par les sorciers de Tehala. Des cris. La Mort est partout. La sinistre Citadelle Noire de Shâltara est maintenant à votre portée. Mais vous ne pouvez y pénétrer par la grande porte, ce serait du suicide. Vous avez eu vent de ce qui se dit, la forteresse abrite une peur sans nom. Un certain Chevalier Noir nommé Krïnhom. L'invention machiavélique du Comte Nerrum, une machine de guerre prête à tout pour répandre la mort et la désolation sur les Terres Mandrares.

La Relique est au sein de cette cité mais il vous faut entrer sans être vu. Peut-être que le contenu de vos poches peut faire la différence…

Si vous possédez dans votre besace *un plan de la Citadelle Noire de Shâltara*, **rendez-vous à la page 160**

Sinon, vous tentez un passage dans la roche à proximité, **rendez-vous à la page 53**

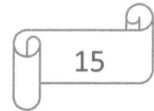

LA SORTIE

Vous quittez la magnifique forteresse aux remparts blancs, fief du puissant Mage Donnhum, équipé d'une nouvelle arme qui vous sera d'une aide précieuse pour la suite de vos aventures. Artémion contemple béement sa nouvelle acquisition, comme un enfant qui découvre un nouveau jouet. Cela lui passera rapidement, comme toujours.

Locklhan, bienveillant et admiratif de votre quête, songe à vous laisser. Mais partir ainsi pourrait éveiller en vous des craintes, pourquoi partir alors que votre but est de rejoindre la Citadelle Noire de Shâltara ? Vous aurait-il emmenés à la cité blanche afin de vous tendre un piège ? Vous savez qu'il a laissé une troupe s'emparer de la précieuse Relique de Faln-Lannar. Vous vous secouez la tête et reprenez vos esprits, il ne doit en aucun cas vous laisser à cet instant précis :

- Nous allons retourner à Galnor afin de quérir de l'aide auprès du Roi Bérum, exprimez-vous. Lui et le Mage Donnhum doivent savoir pour la Relique, nous trouverons un moyen de nous rapprocher de Shâltara plus tard.

Le groupe acquiesce à l'unanimité. Vous enfourchez vos destriers et quittez les lieux. Galnor est à plusieurs soleils de votre position. Le crépuscule fait maintenant place, l'obscurité envahit peu à peu les alentours, vous devez faire vite, les contrées ne sont plus sûres.

Vous prenez la direction de Galnor la cité d'armes, **rendez-vous à la page 62**

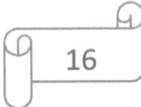

LA FLOTTE

La Reine se retire après la discussion. Vous avez pu la convaincre de se joindre au combat, à votre combat. Ce qui détruira les Terres Mandrares affectera le reste d'Hissfon, c'est indéniable. La suzeraine en est désormais consciente.

La sentinelle postée près de vous fait un signe de la tête. Vous regardez vos amis puis la fixez à nouveau. Vous comprenez qu'elle veut vous dire quelque chose mais sa fonction l'en empêche. Vous la suivez, tous les quatre. Celle-ci emprunte des couloirs labyrinthiques. Des torches çà et là en guise de guide lumineux. La pénombre prendre place peu à peu, au fur et à mesure que vous l'accompagnez. Vous vous demandez bien pour quelle raison elle agit ainsi.

Le dernier corridor se termine sur une porte. La sentinelle utilise une clé d'une forme particulière. Impossible à dupliquer du fait de sa complexité. Elle ouvre l'un des battants. Vous avez dès lors accès à une avancée, une sorte de plate-forme. Vous marchez lentement, de peur que celle-ci ne se brise sous le poids. La gardienne vous observe puis regarde en contrebas comme pour vous inciter à faire de même. Vous vous exécutez et n'en croyez pas vos yeux. Vos amis ont la bouche grande ouverte, stupéfiés de cette vision.

Le chemin en vaut le détour. Vous savez dorénavant la raison pour laquelle la Reine Oretalha a jadis vaincu le Nécromancien Thâar lors d'un affrontement sanglant. La monarque a certes perdu un nombre incommensurable de soldats et autres guerriers, sorciers et paladins, mais la victoire face au Mal a été permise grâce à un peuple qui détient une puissance militaire en son centre.

Une flotte composée de milliers de navires, dont vous ne voyez la fin, des nautoniers indénombrables, des sorciers et des prêtres soigneurs en train d'améliorer leurs incantations. Vous réalisez devant ce ballet incessant que cette armada peut

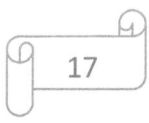

conquérir n'importe quel continent et soumettre ses habitants. Les intentions de la reine sont louables mais vous n'oubliez pas qu'elle a laissé le Sceptre des Cinq Morts en lieu sûr après la défaite du nécromant. Ce bâton maléfique peut aider quiconque à régner sur tous les royaumes.

Sur un balcon face au vôtre mais bien plus imposant arrive la Reine Oretalha. Ses deux mains sur la rambarde, elle s'exprime aux troupes après qu'un disciple ait sonné le cor :

- Habitants fidèles de Vreseryth ! Magiciens, matelots, guerriers, paladins, j'ai aujourd'hui besoin de votre puissance magique ! Ainsi l'on m'a fait part d'un Mal qui gangrène notre planète, nos terres, nos cités. Nous n'avons jamais connu tels périples dans le Nord d'Hissfon. Cependant, la défaite du Nécromancien a eu pour effet de créer un être beaucoup plus maléfique, beaucoup plus redoutable… Nous n'allons pas plier sous ce Mal réincarné ! Je vous le dis, peuple du Royaume de Nord-Rivage, mon peuple, nous allons défier cet être fallacieux, indigne de régner sur les terres qu'il désole, qu'il détruit ! Hissons les voiles, mes amis, quittons les terres gelées pour affronter l'Océan Boréal ! Serez-vous avec moi ?

Dans un cri volontaire et assourdissant, tous hurlent « Oui ! Ma Reine ! ». Vous frissonnez lorsque vous entendez cette acclamation. Un peuple si uni permettra de détrôner le nécromant et réduire à néant son armée sombre. Vous en êtes maintenant persuadé.

La suzeraine quitte le balconnet, la porte se referme derrière elle. La sentinelle vous demande d'en faire autant. Vous la suivez et rebroussez chemin dans ce dédale de corridors sinueux. Vous admirez la joie qui se lit sur le visage de vos amis, mais vous trouvez l'Ancien Paladin fermé, sans réaction apparente. Peut-être qu'il a, par le passé, traité avec la reine. Vous savez que son passé reste mystérieux et lourd. Vous tenterez de comprendre cet esprit plus tard.

Vous devez maintenant vous rendre à l'extérieur de la cité sous la montagne. Une armée et une flotte vous attendent afin de partir pour le Quatrième Royaume.

Vous délaissez les étals et autres échoppes bien fournis pour atteindre la sortie de Vreseryth, **rendez-vous à la page 154**

LE PARCHEMIN

Ce combat ne vous a pas laissé indemne. Ces sorciers sont certes peu importants mais il ne faut jamais les négliger, vous en savez dorénavant quelque chose.

Dans la besace que vous venez tout juste de récupérer se trouve un parchemin déchiré. Quelques phrases incompréhensibles sont inscrites mais vous pouvez clairement lire « *Paladin – Relique – Nord* ». Les deux derniers mots sont assez limpides, le Mage Donnhum vous a envoyés en direction de Bäl-Geren, ancienne cité cultuelle, qui se situe dans le Nord des Terres Mandrares. Mais pourquoi avoir inscrit le mot « Paladin » correspondant à une classe de guerriers magiques ? Tout le monde sait que cette ville en ruine n'abrite plus les grands paladins de l'ancien ordre. Seule la relique y est cachée selon les dernières rumeurs.

Vous et vos amis vous posez des questions en ce sens, vous aurait-on caché l'élément principal de cette quête ? Vous comprenez que ce n'est pas à la lisière de la Forêt de Shân-Fhel que vous trouverez les réponses, personne ne pourra vous aiguiller davantage dans la résolution de cette énigme.

Il est grand temps de continuer votre chemin vers la cité au Nord. Vous vous hâtez avec vos amis après avoir enfourché votre destrier.

Vous vous dirigez vers Bäl-Geren, **rendez-vous à la page 108**

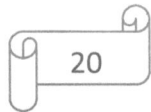

LE ROYAUME PERDU

Vous galopez en présence de Locklhan. Grâce à ce paladin émérite, vous avez pu faire face au subterfuge du Comte Nerrum. Il aurait pu vous mener à une terrible mort si ce guerrier magique n'avait pas été là.

Vous devez récupérer la relique au plus vite. Si le nécromant apprend à s'en servir, toutes les batailles menées par l'armée du Roi Bérum se révèleront être un échec total. La moindre tactique sera révélée au Nécromancien Thâar.

Le Quatrième Royaume est maintenant face à vous. Ses terres désolées n'ont aucune fin. L'horizon est voilé par les fumées irrespirables des nauséabonds Marécages de Zhalnor. Autrefois terres prospères, vous ne voyez que désolation. Les troncs d'arbre calcinés remplacent de verdoyantes prairies. Le vent glacial souffle en permanence au point de rendre fou celui qui s'y aventurerait trop longtemps.

Vous longez les Marécages en direction de l'Ouest afin d'atteindre la Citadelle Noire de Shâltara. Vous vous arrêtez quelques instants, le temps de prendre un morceau de pain et une lampée d'eau fraîche. Cet arrêt a réveillé ce qui dort depuis des générations. L'eau bouillonnante remue à certains endroits lorsqu'une créature surgit.

Un combat commence, utilisez votre FDQ et vos dés afin d'entamer la partie.

CREATURE COMBATTUE : Nervi des Marécages
CARACTERISTIQUES : Niveau = **2** ; Force = **29pts** ; Armure = **23pts** ; Points de Vie = **68pts**

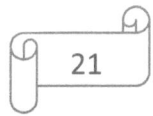

- ➤ Si votre niveau est **supérieur ou égal à** celui de la créature, continuez le combat, s'il **inférieur**, multipliez par **2** tous les points de vie de la créature, sinon, vous fuyez selon le dernier paragraphe ci-après*
- ➤ Si votre nombre de points d'armure est **supérieur ou égal à** celui de la créature, rajoutez **3** à tous vos lancers de dés, s'il est **inférieur**, déduisez **3** de tous vos lancers de dés.
- ➤ Si votre nombre de points de force est **supérieur ou égal à** celui de la créature, rajoutez **3** à tous vos lancers de dés, s'il est **inférieur**, déduisez **3** de tous vos lancers de dés.
- ➤ Lancez les deux dés, si le total est **supérieur ou égal à 5** (comptabilisez la somme des dés), vous infligez des dégâts et la créature perd le même nombre de points de vie indiqués par la somme. Si le total est **inférieur à 5** (comptabilisez la somme des dés), vous perdez le même nombre de points de vie, que vous déduisez de votre *FDQ*. Répétez le lancer jusqu'à ce que le total des Points de Vie de la créature ou de vous-même atteigne **0**.
- ➤ Si vous souhaitez utiliser une potion de vie, lancez les dés, si le total est **supérieur ou égal à 6**, vous gagnez les Points de Vie de la potion, sinon vous ne pouvez pas l'utiliser pendant les deux prochains tours. Vous relancez les dés normalement.
- ➤ *Si vous souhaitez fuir, vous devez lancer les dés, si le total est **supérieur ou égal à 6**, vous fuyez et perdez **40pts de vie** et **ne récoltez pas le butin**, allez directement à la **page 61** ! Si le total est **inférieur à 6**, vous restez face à la créature et perdez **20pts de vie** !

Si vous sortez vainqueur, le nervi laisse tomber un sac contenant **8PO + 1 POTION DE VIE MINEURE + 1 EPEE A DEUX MAINS GLUANTE DES MARECAGES, rendez-vous à la page 61**

Si vous perdez ce combat, vous êtes mort, **rendez-vous à la page 1 et recommencez depuis le début**

BÄL-GEREN

Vous et vos compagnons avez parcouru plusieurs centaines de milles mais le chemin pour Bäl-Geren n'est pas encore terminé. Vous souhaitez faire une halte dans un pré dégagé. Les chevaux hennissent tranquillement à proximité d'un cours d'eau et vous entamez un repas. Malgré la maigreur de ce met, vous commencez à récupérer et la fatigue s'estompe, vous gagnez **10pts de vie** !

À peine avez-vous fini votre repas que vous entendez un bruit au loin, comme des pas. Vous tendez l'oreille et vous dirigez vers un monticule assez grand pour vous cacher. Rien que l'odeur aurait pu vous mettre en alerte. Un sorcier de Tehala, du nom de la forêt que vous traversez actuellement, s'approche dangereusement de votre campement.

Lorsque vous retournez vers vos amis, l'on vous fait comprendre que ce magicien pourrait n'avoir aucune chance contre votre groupe. Mais deux choix s'offrent à vous, que souhaitez-vous faire ?

Vous décidez, avec vos deux amis, d'intercepter ce magicien qui pourrait détenir des informations sur la relique recherchée, **rendez-vous à la page 50**

C'est un sorcier de Tehala, certes leur magie est sommaire, mais vous pourriez être blessé inutilement, vous préférez déguerpir au plus vite et continuer votre route, **rendez-vous à la page 145**

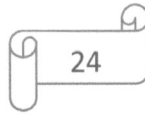

L'ISOLEMENT

L'odeur de moisissure emplit votre nez. Cela devient insoutenable de rester enfermé dans cette pièce minuscule. Artémion tente malgré tout de défoncer la porte. En vain. Le métal qui la compose provient des profondeurs des volcans. Autant dire qu'il est impossible à quiconque de le détruire. Carhâa, soucieuse, vous fixe et vous interroge :
- Qu'allons-nous faire à présent ?
- Gardons déjà notre calme. N'est-ce pas Artémion ?
- Argghhhh, beugle le jeune guerrier qui tente de broyer de ses mains les barreaux de la porte.
- Cela ne sert à rien mon ami. Essayons de savoir comment nous pourrons nous échapper d'ici. Lorsque quelqu'un viendra, nous devons tout faire pour le mettre hors d'état de nuire.
- Tu as raison, confirme Carhâa les yeux plongés dans une flaque à ses pieds.

Des heures se passent sans que nouvelle ne soit donnée. Les trois guerriers s'impatientent lorsqu'un fracas vient bouleverser le calme ambient. Tous trois se regardent et se demandent d'où peut venir ce bruit. Des hurlements se font entendre de part et d'autre des couloirs. Quelques éclats viennent illuminer les contours de la porte du cachot. Puis, un calme digne des plus grandes prières. Quand tout à coup, vous entendez « Ne restez pas derrière la porte ! ». C'est alors que celle-ci se met à voler en éclats. Un coup de tonnerre vient fracasser les parois et lorsque la fumée se dissipe, vous apercevez un homme qui se tient debout. Dans sa main droite, une épée assez volumineuse. Dans sa main gauche, un grimoire dont la première de couverture laisse apparaître les

symboles d'une épée et d'un marteau. Ne voyant pas son visage vous demandez :
- Qui va là ?
- Vous préférez discuter ou sortir d'ici au plus vite ? Répond la voix.
- Nous choisirons la deuxième option.

Vous quittez les lieux aussi vite que demandé. Ces geôles ne sont maintenant plus qu'un souvenir. Vous suivez ce mystérieux inconnu lorsqu'il vous dit « Je m'appelle Doltha, je suis paladin et fils du Roi Bérum ». Cela ne pouvait mieux tomber. Le jeune paladin a assez de pouvoir pour vous faire partir de la cité rouge de Bar-Hêdit.

Ce guerrier magique au service de son père le Roi Bérum, du Royaume de Fahl, maîtrise à la perfection la magie avec son épée. Celle-ci a été forgée à Galnor la grande cité d'armes et possède une puissance sans équivalent. Le jeune paladin a été alerté par les conseillers du roi alors qu'un oiseau de Darthon a semble-t-il été envoyé à la citadelle.

Doltha utilise sa magie pour mettre à terre le moindre garde et du plus petit dragon à celui dont la taille équivaut à une bâtisse. Vous parcourez les différents couloirs qui font de Bar-Hêdit un vrai labyrinthe. Une fois à l'extérieur, le paladin vous indique la direction pour Shâltara, vous lui demandez :
- Vous ne venez pas avec nous, paladin ? Votre magie nous serait très utile pour défier le Comte Nerrum et son armée.
- Je ne peux vaincre une armée à moi seul, messire, confie-t-il en se hissant sur un griffon posté tout près.
- C'est... C'est... dit Artémion dans un bégaiement incompréhensible.
- Oui, tout à fait, c'en est un. Je dois retrouver mon père, le roi, les dernières nouvelles ne sont pas

bonnes. Des troupes entières filent droit vers Galnor, je dois être présent pour les recevoir.

Dans un puissant tourbillon, le griffon royal grimpe dans les airs et atteint les premiers nuages. Vous le contemplez, la beauté des battements d'ailes n'est pas une légende. Ses plumes d'un blanc aussi pur que la soie scintillent sous les rayons de soleil. Il disparaît peu à peu dans le lointain horizon, il vous faut dès à présent prendre le chemin pour Shâltara, qui se situe à deux soleils de marche, à l'Ouest.

Vous prenez la direction de la Citadelle Noire, **rendez-vous à la page 15**

LE RETOUR

À peine vous passez le portail que vous vous retrouvez face au Mage Tohn-Mâ, qui vous attendait de pied ferme :

- Que faisiez-vous à la Citadelle Noire ? Puis-je savoir ?
- Nous avons vécu certaines péripéties qui nous ont conduits à Shâltara, répond Carhâa, nous devions trouver la Relique de Faln-Lannar, en possession du Nécromancien Thâar.
- J'ai appris cela par Doltha, le fils du Roi. J'ai immédiatement consulté l'Oracle Tenchlar qui m'a indiqué le lieu dans lequel vous vous trouviez. Voilà pourquoi je vous ai créé un portail. Vous apprendrez que ce n'est pas le seul que je faire aujourd'hui mes amis.
- Pourquoi donc devons-nous repartir ? Où voulez-vous que nous allions ? Demande Artémion.
- Vous partez pour le Nord, quérir l'aide de la Reine Oretalha, à Vreseryth.
- La Reine Oretalha ? Confirmez-vous. Nous risquons la mort si nous pénétrons dans le Royaume de Nord-Rivage sans y être invités !
- Ce portail est justement votre invitation. Vous partez sur le champ, j'en ai bien peur.

Le Mage Tohn-Mâ se met alors à incanter rapidement un sortilège et fait tourner sa baguette lorsqu'un nouveau portail apparaît devant vous.

Perplexe, vous vous retenez de le franchir :

- Qu'allons-nous dire à la reine une fois devant elle ? Si tenté que nous y arrivions…
- Vous saurez exactement quoi lui dire, s'enjoue le magicien qui continue de faire tournoyer sa

baguette près de vous. Allez, allez ! Ne perdez pas de temps.

Avant même d'avoir fait vos premiers pas dans le portail, vous pouvez apercevoir ce qui ressemble à des montagnes et de la neige. Le tout est assez flou mais plus vous vous engouffrez à l'intérieur, plus cela devient clair. Vous n'avez même le temps de vous en rendre compte que vous sentez le froid vous envahir. Vos oreilles vous font mal, vos pieds commencent à s'engourdir. Vous êtes arrivés en un instant au point le plus au Nord d'Hissfon : les Glaciers Calomnum !

Vous arrivez sur le continent le plus haut au Nord, **rendez-vous à la page 96**

LA VISION

Vous avancez lentement vers le centre du village lorsque tout à coup, vous remarquez une lueur, diffuse, au loin. Vous marchez puis vous stoppez net. Vos yeux se ferment et vous vous mettez à léviter. Le sol semble se dérober sous vos pieds. Vous ouvrez les yeux et constatez que le ciel change de couleur, tout comme les habitations qui reprennent forme et le feu qui disparaît. La population défile à vos côtés mais tout a l'air de se dérouler dans le sens inverse d'une journée. Celle-ci devient nuit, puis jour à nouveau, tout s'arrête. Le cours des événements redevient normal. Vous regardez à droite, à gauche mais personne ne vous parle, personne ne vous voit. Ce que vous preniez pour une lueur se transforme en deux individus. Vous les voyez se rapprocher, l'un inquiet et l'autre tend son bras enveloppé dans une écharpe rouge. Une cape aussi vieille que son porteur, flétrie par les années passées, cache la moitié de son visage mais vous pouvez voir qu'il s'agit du Grand Gardien de la Relique.

Vous les voyez discuter et essayez de vous approprier leur conversation mais dans un écho assourdissant, vous peinez à les comprendre. Les seuls mots audibles sont « Relique, Ouest et Paladin ». Celui qui reçoit un objet dans ses mains a le visage couvert, une bonne partie de son corps est soigneusement drapé de noir mais vous distinguez sur sa peau des traits, comme des inscriptions. Sur les mains mais aussi le coup. Vous les scrutez patiemment lorsque vos yeux se ferment. Vous entendez autour de vous un charivari impressionnant quand vous tombez au sol, comme happé par le vide. Vos yeux s'ouvrent, Carhâa et Artémion vous dévisagent. Vous tentez de comprendre ce qui vient de se passer. La jeune guerrière vous demande :

- Que t'arrive-t-il mon ami ?

- J'ai vu la foule, tout était clair, tout était intact autour de nous. J'ai aussi aperçu deux hommes, dont l'un était habillé comme le Grand Gardien, il a donné quelque chose à un autre homme. Névrigien sûrement, il avait des marques sur lui mais je n'ai pas vu son visage.
- Des gens ? Tout était intact ? S'exclame Artémion, tu as vu la désolation ici tout comme nous !
- Je n'étais pas ici... Enfin si, mais ce n'était pas maintenant.
- Je ne comprends pas, questionne Carhâa, comment as-tu pu voir ces personnes que tu décris, surtout que tu n'as pas la Relique avec toi !
- Rappelle-toi ce que nous a dit le Mage Donnhum. Ces lieux sont gorgés de magie, tout ce qui régit ce village a été sacralisé par les prières et les incantations de tous ceux qui sont passés ici. Je sais ce que j'ai vu.
- Je te crois, acquiesce la jeune femme. Bäl-Geren doit avoir une grande influence sur ton esprit, malgré l'absence de le Relique. Ce qui m'inquiète, c'est le fait que tu aies décrit un Ancien Paladin, ceux qui étaient autrefois aux services de feu le Roi Gan-Trê. Ils sont fiers et n'ont aucun désir de revenir ici, ils fustigent toute affiliation à la magie pratiquée. Ce sont maintenant des solitaires, si tenté qu'il en reste encore !
- Possible, m'amie, mais il s'est vu remettre un objet par le Grand Gardien, il est ensuite parti vers l'Ouest, je peux te l'assurer. Nous devons suivre cette piste.

Malgré l'incertitude de ce que vous avez pu voir, ou croyez avoir vu, vous décidez de suivre les traces de cet inconnu, vers l'Ouest. Vos espoirs sont tournés vers un homme qui vous permettra d'avancer dans votre quête.

Vous suivez votre vision vers l'Ouest, **rendez-vous à la page 188**

FOLTAHA

Vous avez discuté tout au long de votre voyage de Ponthal vers Foltaha. Vous avez déjà entendu les Mages venus à Galnor, contant leur récit autour de cette cité au pouvoir incommensurables. Les légendes racontent que le Mage Donnhum a consulté le grand grimoire de Vahl-Alâna juste avant de se rendre à la Montagne Sacrée de Mérhidios. Du haut de ce mont vertigineux, le Nécromancien l'attendait afin de mettre un terme à la magie du Bien. Tentant de répandre la mort par-delà les royaumes, le Mage Donnhum utilisa sa puissance magique pour créer le plus terrible des sortilèges. Ce qui eut pour effet de détruire en partie le corps du nécromant, le rendant ainsi inoffensif.

Vous apercevez au loin la grande cité magique de Foltaha. Bien que sa magie se soit tarie avec le temps et le bouleversement actuel, un faisceau lumineux intense perce le ciel et les nuages jusqu'à ne plus en voir le bout. Vous avancez à vive allure lorsqu'un puissant jet de magie vient ricocher sur un rocher proche de vous. Le groupe s'arrête brusquement et Locklhan sort un vieux parchemin abimé de toute part. Vous regardez autour de vous quand un sorcier fait irruption. Sa robe violette déchirée par endroit ne laisse aucun doute sur ses intentions.

Un combat commence, utilisez votre FDQ et vos dés afin d'entamer la partie.

CREATURE COMBATTUE : Sorcier de Tehala évolué
CARACTERISTIQUES : Niveau = **2** ; Force = **23pts** ; Armure = **21pts** ; Points de Vie = **58pts**

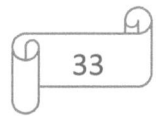

- Si votre niveau est **supérieur ou égal à** celui de la créature, continuez le combat, s'il **inférieur**, multipliez par **2** tous les points de vie de la créature, sinon, vous fuyez selon le dernier paragraphe ci-après*
- Si votre nombre de points d'armure est **supérieur ou égal à** celui de la créature, rajoutez **3** à tous vos lancers de dés, s'il est **inférieur**, déduisez **3** de tous vos lancers de dés.
- Si votre nombre de points de force est **supérieur ou égal à** celui de la créature, rajoutez **3** à tous vos lancers de dés, s'il est **inférieur**, déduisez **3** de tous vos lancers de dés.
- Lancez les deux dés, si le total est **supérieur ou égal à 5** (comptabilisez la somme des dés), vous infligez des dégâts et la créature perd le même nombre de points de vie indiqués par la somme. Si le total est **inférieur à 5** (comptabilisez la somme des dés), vous perdez le même nombre de points de vie, que vous déduisez de votre *FDQ*. Répétez le lancer jusqu'à ce que le total des Points de Vie de la créature ou de vous-même atteigne **0**.
- Si vous souhaitez utiliser une potion de vie, lancez les dés, si le total est **supérieur ou égal à 6**, vous gagnez les Points de Vie de la potion, sinon vous ne pouvez pas l'utiliser pendant les deux prochains tours. Vous relancez les dés normalement.
- *Si vous souhaitez fuir, vous devez lancer les dés, si le total est **supérieur ou égal à 6**, vous fuyez et perdez **40pts de vie** et **ne récoltez pas le butin**, allez directement à la **page 93** ! Si le total est **inférieur à 6**, vous restez face à la créature et perdez **20pts de vie** !

Si vous sortez vainqueur, **rendez-vous à la page 93**

Si vous perdez ce combat, vous êtes mort, **rendez-vous à la page 1 et recommencez depuis le début**

Le Mage Tannelu

Vous laissez tomber la précieuse Relique de Faln-Lannar au sol, telle une enclume, elle fait un bruit sourd et ne bouge ne plus. Vous courrez à travers la pièce et portez assistance au magicien, qui a du mal à se lever. Vous l'empoignez, aidé de Locklhan, et déguerpissez au plus vite. Des morceaux du plafonds tombent et s'éclatent tout près de vous.

Vous l'avez échappé belle ! L'amulette est ensevelie sous une tonne de pierres. Peu à peu, le Mage Tannelu reprend des forces, il peut d'ores et déjà ressentir les biens faits du lien qui l'unit aux autres magiciens.

Carhâa, désemparée s'effondre et soupire :
- Qu'avons-nous fait ?
- C'était la seule solution, m'amie, la rassurez-vous. Nous sommes au moins sûr que le nécromant ne pourra pas mettre la main dessus.
- Nous non plus ! S'insurge Locklhan. Nous avions le moyen d'avoir de l'avance sur le Maître de la Mort, mais nos chances sont désormais réduites.
- Nous trouverons un autre moyen, finissez-vous. Nous allons quérir de l'aide, nous avons sauvé le Mage Tannelu, il saura nous dire comment faire.

Vous vous tournez tous les quatre vers le magicien, assommé et assis sur le sol.

Vous élaborez un plan pour vous échapper de Shâltara, **rendez-vous à la page 125**

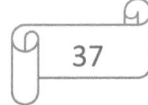

La Forge des Deux Heaumes

Vous êtes parti à la hâte du domaine de l'Oracle, cette course effrénée à travers les sentiers menant au cœur du village d'Auttum vous a essoufflé. Vos pensées sont dispersées dans l'inconnu qui vous attend, à tel point que vous trébuchez sur un rondin de bois à l'entrée de la forge, **vous perdez 10 PV !** Malgré tout, vous arrivez face au forgeron afin de récupérer le nécessaire à votre aventure. Vous pouvez choisir parmi les différentes armes à votre disposition et des objets qui pourraient vous être utiles. Le tout étant de bien choisir dès maintenant !

Cette chute qui vous a fait perdre des points de vie peut être soignée, ou laissée telle quelle. Que souhaitez-vous faire ?

➢ Vous prenez une potion de guérison qui vous octroie 10 PV, **vous payez 1PO**

OU

➢ Vous négligez la douleur et **passez votre chemin**

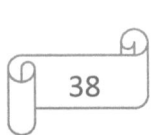

Vous êtes face aux étals d'armes, que choisissez-vous ? (Un seul choix possible)

> 1 lance basique d'Auttum (+10 pts de Force), cette arme **vous coûte 2PO**

> 1 dague des Quatre Chemins (+8 pts de Force), cette arme **vous coûte 1,5PO**

> 1 épée à une main du Bref Hiver (+7 pts de Force), cette arme **vous coûte 1,5PO**

Le forgeron se retourne vers un petit choix de potions cachées sous un grand tissu noir parsemé de tâches. Il sait que cette aventure risque de vous mener vers des combats dont l'issue pourrait vous être fatale, que choisissez-vous ? (Un seul choix possible)

> 2 potions de vie basique (+20 PV par potion), ces potions **vous coûtent 1PO**

> 2 potions de force basique (+10 pts de Force par potion), ces potions **vous coûtent 1PO**

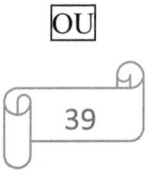

➤ 2 potions de défense (+5 pts d'Armure par potion), ces potions **vous coûtent 1PO**

Vos choix étant faits, notez-les sur votre FDQ et modifiez-la en fonction de votre avancée. Vous êtes fin prêt pour vous rendre auprès du Roi Bérum, en quête des nouvelles consignes. La guerre gronde à l'Ouest, vous devez faire vite.

Vous partez en direction de l'extérieur du village, où vous attendent vos amis Artémion et Carhâa, **rendez-vous à la page 105**

L'AUTRE SORTIE

Vous quittez la magnifique forteresse aux remparts blancs, fief du puissant Mage Donnhum. Vous resté dubitatif concernant ce qui s'est passé dans la tour de cette grande bâtisse. Une magie noire opère en ces lieux mais rien n'indique la source et les raisons de cette empreinte malintentionnée.

Vous vous demandez si vous avez fait le bon choix de ne pas acheter d'arme. Celle que vous avez a pris en expérience mais rien n'égale une arme nouvellement forgée. L'on peut parfois rencontrer des marchands dont les étals recèlent de trésors insoupçonnés, mais votre choix est fait. Vous devez maintenant continuer.

Locklhan, bienveillant et admiratif de votre quête, songe à vous laisser. Mais partir ainsi pourrait éveiller en vous des craintes, pourquoi partir alors que votre but est de rejoindre la Citadelle Noire de Shâltara ? Vous aurait-il emmenés à la cité blanche afin de vous tendre un piège ? Vous savez qu'il a laissé une troupe s'emparer de la précieuse Relique de Faln-Lannar. Vous vous secouez la tête et reprenez vos esprits, il ne doit en aucun cas vous laisser à cet instant précis :

- Nous allons retourner à Galnor afin de quérir de l'aide auprès du Roi Bérum, exprimez-vous. Lui et le Mage Donnhum doivent savoir pour la Relique, nous trouverons un moyen de nous rapprocher de Shâltara plus tard.

Le groupe acquiesce à l'unanimité. Vous enfourchez vos destriers et quittez les lieux. Galnor est à plusieurs soleils de votre position.

Le crépuscule fait maintenant place, l'obscurité envahit peu à peu les alentours, vous devez faire vite, les contrées ne sont plus sûres.

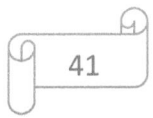

Vous prenez la direction de Galnor la cité d'armes, **rendez-vous à la page 62**

VRESERYTH

Vous n'auriez jamais pensé croiser cette créature, féroce et dangereuse, quelque chose qui n'existe pas sous cette forme par chez vous. Au détour d'un rocher aiguisé comme une lame, elle vous fait face : la grande porte qui mène au cœur de la montagne. Elle n'est pas faite de bois, rien ne pousse dans les environs, mais d'un métal propre aux volcans plus au Nord, extrait du pôle.

Des gonds aussi hauts qu'un homme, seules les poignées qui permettent de l'ouvrir arrivent à votre niveau. Locklhan s'identifie auprès de la sentinelle qui est postée tout près. En peu de temps qu'il n'en faut pour le dire, un grincement sourd se fait entendre. L'immense porte s'ouvre et vous dévoile un long tunnel. Vous entrez l'un après l'autre, suivis de l'une des sentinelles. À l'extrémité du tunnel, vous pouvez entrevoir un escalier en colimaçon. Vous l'empruntez sans poser de question.

Il suffit de quelques pas pour descendre dans le gouffre, d'une hauteur impressionnante, ainsi vous atteignez une salle sans communes mesures. Tellement grande qu'elle est maintenue par des colonnes de marbre rose, reflétant les étendards pendus comportant le symbole de Nord-Rivage. De petits balcons fleuris se font face tandis qu'une foule de Vreseriens s'amasse dans l'allée centrale. Un brouhaha parvient à vos oreilles, le tumulte de cette cohue vous donne le sourire. Tellement de vie dans ces contrées hostiles emplit votre esprit.

L'on vous somme d'avancer parmi la population. Quelques mètres plus loin, une bâtisse en forme cylindrique et surmontée de quelques marches se profile. Un tapis jonche le sol, ce qui le rend moelleux et agréable. La première sentinelle pénètre dans l'édifice, vous la suivez et une dernière ferme la marche. Vous accédez directement face au trône de glace, où siège à ce moment-là la belle Reine Oretalha.

Vous la contemplez, furtivement, ses cheveux roux presque rouges, ondulent sur ses épaules et son dos. De grands yeux bleus et une petite bouche légèrement maquillée. Sa tunique finement brodée par endroit et recouverte de filaments d'or semble élancer la suzeraine. Il est dit que son caractère est aussi glacial que les contrées qui entourent la cité.

D'un geste de la main, la Reine Oretalha fait signe aux sentinelles, celles-ci vous ordonnent d'approcher. Un important dispositif de gardes ayant empoigné leur lance est prêt à bondir sur vous au moindre signe suspect. Son éminence entame la discussion :

- Vous n'êtes pas Vreseriens, je le vois.
- Non, ma Reine, nous venons de Galnor la cité d'armes sur ordre du Roi…
- Bérum, vous interrompt-elle. Que veut mon vieil ami ? Cela fait si longtemps que je ne l'ai vu.
- Une peur sans nom est née dans les terres désolées du Quatrième Royaume, ma Reine.
- Une peur sans nom, dites-vous ? Ces territoires n'abritent que la Mort !
- Je vous assure ma Reine, insistez-vous, le Nécromancien Thâar est revenu, aidé de ses sbires et d'une armées toute aussi puissante.
- Thâar ? S'insurge la monarque qui bondit de son trône de glace. Nous l'avons expédié dans les tréfonds lors de la dernière grande bataille ! C'est impossible !
- Ma Reine, poursuit Carhâa dans un élan d'enthousiasme, tout ce que dit Kenthaë est vrai, nous sommes ici car nous devons récupérer une chose que le nécromant détient. Grâce à la Relique de Faln-Lannar il règnera en maître sur les Terres Mandrares et au-delà.

- Ne me dites pas que tous les moyens qui ont été mis en œuvre pour sauvegarder la précieuse Relique ont échoué ? Si c'est cela, j'ai bien peur de ne pouvoir vous aider dans votre quête.

Locklhan s'avance lentement, fixant la suzeraine, quelques gardes se ruent face à lui :
- La disparition de la Relique est entièrement de ma faute.
- Vous avouez être à l'origine de cette perte ? Demande la reine.
- Oui, je l'avoue avec humilité.
- Nous devrions donc vous faire exécuter sur l'instant !
- Non ! S'exclame Carhâa en se faufilant devant l'Ancien Paladin. Autant tous nous tuer !
- Je n'ai rien à perdre contrairement à vous, jeunes gens…
- Gardons notre calme, voulez-vous ? Exprimez-vous. Vous êtes consciente, ma Reine, que ce qui affectera les Terres Mandrares finira par déferler sur le Royaume de Nord-Rivage. La puissance du Nécromancien augmente de jour en jour. La disparition des Mages les uns après les autres réduit le lien magique qui les unit.
- Les Mages sont en danger ? Demande la monarque.
- Tout à fait, ma Reine, nous vivons la plus importante des quêtes qu'un protecteur du Pacte des Cinq peut obtenir dans sa vie. Délivrer les Mages faits prisonniers est une priorité, dont la recherche de le Relique de Faln-Lannar.

La Reine Oretalha s'assied après avoir entendu la nouvelle. Abasourdie, elle réalise l'importance de cette quête et de son rôle à jouer. Tout comme la ténébreuse époque du Tanbus-Erhlenam, événement qui a marqué les Artéliens lorsque le Nécromancien a répandu la Mort une première fois sur le Quatrième Royaume ainsi qu'une majeure partie d'Hissfon. Après avoir repris ses esprits, elle ajoute :

- Je vais vous aider, il en va de soi, nous allons prendre mes navires et mon armée, nous allons réduire à néant une bonne fois pour toute cet objet de la Mort, cet être funeste !

Vous vous sentez soulagés, tous les quatre, à l'annonce de cette nouvelle réjouissante. Vous ne devez pas perdre de temps et partir au plus tôt accompagnés de la Reine et de son armée. Seulement, la cité au cœur de la montagne renferme bien des secrets, un fort caché de tous qui n'a jamais attiré les viles créatures de ce continent, comment cela est-ce possible ?

Vous décidez de vous joindre à la formation de la flotte, aux abords de Vreseryth, **rendez-vous à la page 17**

Vous saisissez l'opportunité d'arpenter les ruelles pavées de la ville sous la montagne, **rendez-vous à la page 182**

UNE SORTIE FRACASSANTE

Cette créature funeste était l'une des plus difficiles que vous ayez combattues. Vous aidez le Mage Tannelu à se relever puis fuyez rapidement vers l'extérieur. Vous courrez et le magicien, tant bien que mal, lance des jets de lumière en direction des goules qui se jettent sur votre groupe.

Vous atteignez l'extérieur de la forteresse, l'endroit semble calme. Un recoin à proximité sera le lieu idéal pour permettre au magicien d'entrer en méditation. Ce dernier se pose sur une pierre et fait pivoter ses mains dans tous les sens. De petites sphères bleutées apparaissent devant lui, il continue en psalmodiant une incantation.

Quelques instants plus tard, un éclat lumineux fend la noirceur ambiante. Le vent se met à souffler et un portail surgit face à vous. Vous apercevez à travers lui une pièce et des personnes attendant votre arrivée. Tannelu vous indique qu'il s'agit du Mage Tohn-Mâ et qu'il se situe à Galnor. Votre unique chance de revenir rapidement et ainsi aider le magicien affaibli par les événements. Le groupe se précipite dans l'arcade scintillante.

À peine vous passez le portail que vous vous retrouvez face au Mage Tohn-Mâ, qui vous attendait de pied ferme :

- Que faisiez-vous à la Citadelle Noire ? Puis-je savoir ?
- Nous avons vécu certaines péripéties qui nous ont conduits à Shâltara, répond Carhâa, nous devions trouver la Relique de Faln-Lannar, en possession du Nécromancien Thâar.
- J'ai appris cela par Doltha, le fils du Roi. Je suis ravi de voir que vous avez pu sauver notre ami Tannelu des griffes du nécromant !

- Nous n'avons pas pu récupérer la Relique mais un bien plus précieux était fait prisonnier, poursuit la jeune femme.
- Votre action permettra de rétablir le lien qui nous unit. Mais vous devez repartir dès maintenant.
- Pourquoi donc devons-nous repartir ? Où voulez-vous que nous allions ? Demande Artémion.
- Vous partez pour le Nord, quérir l'aide de la Reine Oretalha, à Vreseryth.
- La Reine Oretalha ? Confirmez-vous. Nous risquons la mort si nous pénétrons dans le Royaume de Nord-Rivage sans y être invités !
- Ce portail est justement votre invitation. Vous partez sur le champ, j'en ai bien peur.

Le Mage Tohn-Mâ se met alors à incanter rapidement un sortilège et fait tourner sa baguette lorsqu'un nouveau portail apparaît devant vous.

Perplexe, vous vous retenez de le franchir :
- Qu'allons-nous dire à la reine une fois devant elle ? Si tenté que nous y arrivions…
- Vous saurez exactement quoi lui dire, s'enjoue le magicien qui continue de faire tournoyer sa baguette près de vous. Allez, allez ! Ne perdez pas de temps.

Avant même d'avoir fait vos premiers pas à travers le portail, vous pouvez apercevoir ce qui ressemble à des montagnes et de la neige. Le tout est assez flou mais plus vous vous engouffrez à l'intérieur, plus cela devient clair. Vous n'avez même le temps de vous en rendre compte que vous sentez le froid vous envahir. Vos oreilles vous font mal, vos pieds commencent à s'engourdir. Vous êtes arrivés en un instant au point le plus au Nord d'Hissfon : les Glaciers Calomnum !

Vous arrivez sur le continent de Nord-Rivage, **rendez-vous à la page 96**

LE SORCIER DE TEHALA

Le sorcier n'est plus très loin, vous l'entendez siffloter. Une certaine joie que vous vous empressez d'interrompre. Vous dégainez votre arme et faites signe à vos amis de contourner le monticule, vous passez par-dessus.

Un saut impressionnant qui vous fait atterrir aux pieds du sorcier, stupéfié de votre présence. Celui-ci voit votre arme brandie et s'empresse de sortir, d'une main, un vieux livre dont les symboles vous sont inconnus. Vous l'entendez psalmodier une incantation lorsque vous décidez d'entamer le combat.

Un combat commence, utilisez votre FDQ et vos dés afin d'entamer la partie.

CREATURE COMBATTUE : Sorcier de Tehala
CARACTERISTIQUES : Niveau = **1** ; Force = **18pts** ; Armure = **20pts** ; Points de Vie = **45pts**

> ➢ Si votre niveau est **supérieur ou égal à** celui de la créature, continuez le combat, s'il **inférieur**, multipliez par **2** tous les points de vie de la créature, sinon, vous fuyez selon le dernier paragraphe ci-après*
> ➢ Si votre nombre de points d'armure est **supérieur ou égal à** celui de la créature, rajoutez **3** à tous vos lancers de dés, s'il est **inférieur**, déduisez **3** de tous vos lancers de dés.
> ➢ Si votre nombre de points de force est **supérieur ou égal** à celui de la créature, rajoutez **3** à tous vos lancers de dés, s'il est **inférieur**, déduisez **3** de tous vos lancers de dés.

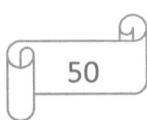

➤ Lancez les deux dés, si le total est **supérieur ou égal à 7** (comptabilisez la somme des dés), vous infligez des dégâts et la créature perd le même nombre de points de vie indiqués par la somme. Si le total est **inférieur à 7** (comptabilisez la somme des dés), vous perdez le même nombre de points de vie, que vous déduisez de votre *FDQ*. Répétez le lancer jusqu'à ce que le total des Points de Vie de la créature ou de vous-même atteigne **0**.

➤ Si vous souhaitez utiliser une potion de vie, lancez les dés, si le total est **supérieur ou égal à 6**, vous gagnez les Points de Vie de la potion, sinon vous ne pouvez pas l'utiliser pendant les deux prochains tours. Vous relancez les dés normalement.

➤ *Si vous souhaitez fuir, vous devez lancer les dés, si le total est **supérieur ou égal à 6**, vous fuyez et perdez **40pts de vie** et **récupérez tout de même le parchemin**, allez directement à la **page 20** ! Si le total est **inférieur à 6**, vous restez face à la créature et perdez **20pts de vie** !

Si vous sortez vainqueur du combat, le sorcier laisse tomber une petite besace contenant **6PO** + **1 PARCHEMIN COMPORTANT L'INSCRIPTION « *PALADIN – RELIQUE - NORD* », rendez-vous à la page 20**

Si vous perdez ce combat, vous êtes mort, **rendez-vous à la page 1 et recommencez depuis le début**

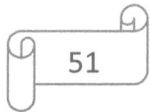

L'INTUITION

Vous demandez à la jeune femme un instant, le temps de parler avec vos deux amis. Vous vous mettez à l'écart et commencez :

- Je ne la crois pas ! Elle raconte son histoire pour finalement nous dire que nous devons nous rendre à Bar-Hêdit. Non seulement il y a des Dragons Noirs, dont vous connaissez autant que moi les légendes et un seigneur invincible depuis qu'il s'est allié au Nécromancien…
- Je comprends tes inquiétudes Kenthaë, avoue Carhâa. Tu m'as expliqué ce que l'Oracle Tenchlar t'a dit lors de sa vision. Nous sommes face à ce choix, et tu dois le faire dès maintenant.
- Qu'il en soit ainsi. Nous ne pouvons nous permettre de lui faire confiance, c'est bien trop dangereux par les temps qui courent.

Vous revenez près d'Hamaya et lui expliquez votre décision. Celle-ci ne comprend pas mais le temps est compté. Vous lui dites que vous vous rendez à Shâltara et que vous irez avec ou sans elle. La Méfrone décide de ne pas vous suivre, le chemin que vous empruntez est bien trop funeste.

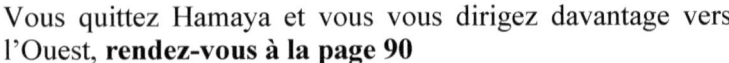

Vous quittez Hamaya et vous vous dirigez davantage vers l'Ouest, **rendez-vous à la page 90**

LE PASSAGE

Vous manquez d'atouts dans votre besace mais rien n'est joué. Vous voyez qu'un passage s'est formé dans la roche. Vous décidez de l'emprunter et attendez la pénombre, cela vous évite d'être vus.

L'ascension commence par de la roche humide et suintante, il en faut peu pour dévaler les quelques marches formées par l'érosion. Vous les gravissez une à une, suivi de vos amis. Locklhan tente bon gré mal gré d'utiliser des parchemins qui améliore vos conditions. En vain.

Vous atteignez ce qui semble être le sommet. Lorsque vous franchissez la dernière marche, vous pouvez contempler la forteresse tout entière et ses alentours. Regarder en bas vous donne le vertige ! Vous rampez jusqu'à une petite grotte, à l'abri des regards.

Carhâa essaie de se réchauffer mais l'humidité est telle qu'il est impossible que vos vêtements sèchent. Artémion s'approche et l'enlace. Les deux jeunes se connaissent depuis si longtemps que le guerrier ne reste pas indifférent à son amie. Le Pacte des Cinq, scellé en Auttum, interdit à ses protecteurs de lier de l'affection, ce qui pourrait nuire à la sauvegarde du parchemin.

Vous admirez la scène car vous savez qu'il est question de plus qu'une amitié entre eux. Vos pensées sont ailleurs, ce qui ne manque pas d'attirer un rôdeur putréfié, qui apparaît derrière vous. Il vous tire par le cou, prêt à vous étrangler, mais Locklhan a le temps de propulser son marteau sur la créature.

Un combat commence, utilisez votre FDQ et vos dés afin d'entamer la partie.

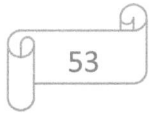

CREATURE COMBATTUE : Rôdeur putréfié amélioré
CARACTERISTIQUES : Niveau = **3** ; Force = **32pts** ; Armure
= **43pts** ; Points de Vie = **87pts**

➢ Si votre niveau est **supérieur ou égal à** celui de la créature, continuez le combat, s'il **inférieur**, multipliez par **2** tous les points de vie de la créature, sinon, vous fuyez selon le dernier paragraphe ci-après*

➢ Si votre nombre de points d'armure est **supérieur ou égal à** celui de la créature, rajoutez **3** à tous vos lancers de dés, s'il est **inférieur**, déduisez **3** de tous vos lancers de dés.

➢ Si votre nombre de points de force est **supérieur ou égal** à celui de la créature, rajoutez **3** à tous vos lancers de dés, s'il est **inférieur**, déduisez **3** de tous vos lancers de dés.

➢ Lancez les deux dés, si le total est **supérieur ou égal à 7** (comptabilisez la somme des dés), vous infligez des dégâts et la créature perd le même nombre de points de vie indiqués par la somme. Si le total est **inférieur à 7** (comptabilisez la somme des dés), vous perdez le même nombre de points de vie, que vous déduisez de votre *FDQ*. Répétez le lancer jusqu'à ce que le total des Points de Vie de la créature ou de vous-même atteigne **0**.

➢ Si vous souhaitez utiliser une potion de vie, lancez les dés, si le total est **supérieur ou égal à 6**, vous gagnez les Points de Vie de la potion, sinon vous ne pouvez pas l'utiliser pendant les deux prochains tours. Vous relancez les dés normalement.

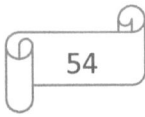

> *Si vous souhaitez fuir, vous devez lancer les dés, si le total est **supérieur ou égal à 6**, vous fuyez et perdez **40pts de vie** et **ne récoltez pas le butin**, allez directement à la **page 156** ! Si le total est **inférieur à 6**, vous restez face à la créature et perdez **20pts de vie** !

Si vous sortez vainqueur de ce combat, vous récupérez sur le rôdeur : **8PO + 1 POTION DE VIE MAJEURE, rendez-vous à la page 156**

Si vous perdez ce combat, vous êtes mort, **rendez-vous à la page 1 et recommencez depuis le début**

LA MONTAGNE SACRÉE

Vous vous félicitez de votre choix en termes de monture, celle-ci est plus rapide que le vent. Vous galopez à vive allure, ce qui vous permet d'atteindre la Montagne Sacrée de Mérhidios en seulement un soleil de temps. La Reine Oretalha est déjà sur place, au point le plus haut.

Vous demandez à vos amis d'attendre près d'une auberge qui vous semble paisible. Artémion est contre cette demande mais il doit se plier à vos exigences.

Vous arpentez la plus grande montagne sur le dos de votre destrier mais la fatigue l'envahit. C'est alors qu'il s'écroule. Vous tombez à la renverse et vous empalez sur une pierre. La douleur est intenable, vous hurlez de douleur. Cette chute vous fait **perdre 9 points de vie** ! Si ce sont vos derniers points de vie, vous avez la possibilité d'en récupérer grâce à une potion de vie. Afin de pouvoir l'utiliser, lancez les deux dés, si le score est **supérieur ou égal à 5** alors vous pouvez continuer. Si le score est **inférieur à 5**, vous perdez les points de vie et votre sort est scellé, en cas de mort, vous devez vous rendre à la page 1 et recommencer depuis le début.

Le cheval n'est plus en conditions pour vous aider, vous devez continuer, seul, malgré la douleur. Vous gravissez les derniers mètres qui vous séparent du sommet, où se situe une demeure faite de marbre blanc.

La neige vous entoure, le froid gèle la moindre extrémité de vos membres. Vous êtes essoufflé mais admirez la beauté des lieux. Des arbres fleuris bordent la bâtisse, ce qui vous étonne vu les conditions. Également, un parterre de fleurs dissimule un chemin donnant sur la demeure. Vous arrivez face à elle lorsque deux gardes pointent leur lance vers vous :

- Halte là ! Crie le premier.
- Je suis le lancier Kenthaë, j'étais sur le navire parti de Vreseryth. Je dois voir la Reine au plus vite.

- Impossible ! Ne vous approchez pas ! Somme le deuxième.
- Laissez-le, annonce la sentinelle qui vous a escortés à votre arrivée à la cité royale.

Les deux gardes abaissent leur lance et vous laisse passer. La douleur suite à votre chute est si intense que vous boitez. La guetteuse vous somme de la suivre en vous disant « Nous allons soigner cette blessure, vous ne pouvez pas apparaître devant notre suzeraine dans cet état ! ». Vous la remerciez pour recevoir les soins nécessaires. Vous parlerez à la Reine Oretalha plus tard.

Vous êtes soigné et prenez un peu de repos, **rendez-vous à la page 134**

KENTHAË

Vous êtes sur le Chemin des Morts. Lieu reculé à l'Ouest d'Auttum, votre village d'enfance. C'est ici que des centaines de rituels ont été pratiqués. Des Mages et des Prêtres ont sacralisé ces terres. C'est ici que tout a commencé lors de la création du Pacte des cinq Mages, dit le Pacte d'Auttum. Lors de cette sacralisation, les Guerriers du petit village ont eu l'honneur de servir et de protéger ce texte qui régit l'attribution des territoires sur Hissfon, selon les caractéristiques de chacun des Mages. L'utilisation de la magie en fait également partie, quiconque possède des pouvoirs, quels qu'ils soient, doit s'en tenir au Pacte.

Ce titre de protecteur du Pacte d'Auttum a été transmis dans les mêmes rituels, de Guerriers en Guerriers. Jusqu'à vous. Cet honneur fait aujourd'hui partie de vos attributions. Vous devez donc maintenir la paix dans les contrées des Terres Mandrares afin de préserver le texte sacré d'un esprit malintentionné.

Vous êtes pensif et faites les cent pas, vous tournez la tête et apercevez Carhâa qui vous rejoint tout juste. Vos regards se croisent mais aucun mot ne sort. Sa seule présence vous réconforte mais, bien décidée à connaître ces pensées qui vous rongent, la jeune guerrière s'approche et vous demande :
- Que fais-tu à cet endroit à cette heure tardive mon ami ?
- J'avais besoin de réponses à mes questions, lui répondez-vous en vous agenouillant à terre.

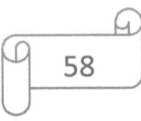

- Les esprits ont-ils pu accéder à cette requête ?
- Les temps deviennent sombres, cette convocation du Mage et de notre Roi ne présage rien de bon, lui affirmez-vous, soucieux.

À peine avez-vous terminé qu'un bruit étrange attire votre attention. Le feuillage dense des alentours se met à frissonner, un grondement se fait entendre. Vous posez votre main sur la fusée de votre épée que vous empoignez lentement hors de son fourreau, lorsque tout à coup Artémion surgit des fourrés. Le teint pâle et l'air déconcerté, son souffle lui permet tout juste de vous interloquer :
- Ke… Kent…
- Reprends-toi mon ami, le rassurez-vous.
- Kenthaë…
- Parle Artémion, que se passe-t-il ?
- Il faut… que tu consultes l'Oracle !
- Je ne vais pas déranger notre Oracle pour si peu !
- Si peu ? Rétorque Carhâa, c'est maintenant qu'il faut agir, nous ne pouvons plus attendre, nous avons besoin de réponses.

Déconcerté par cette soudaine initiative, vous regardez Carhâa qui acquiesce d'un hochement de tête. Vous avez besoin d'avoir des réponses à vos questions, en effet, des réponses bien plus précises. Seule l'Oracle Tenchlar saura vous mettre sur la voie.

Vous quittez le Chemin des Morts en quête de la demeure de la plus grande devineresse de ce monde. Un lieu proche d'Auttum, surplombant le petit village. Vous redoutez ce qu'elle a à vous dire car ses paroles ont des conséquences : elles peuvent influer sur vos choix. Vous savez que l'avenir n'est pas forcément bon à savoir. Mais l'heure tourne et vous entendez au loin les tambours de guerre qui raisonnent, les hordes de Névrigiens continuent leur avancée.

Suite à cette discussion inopinée, vous décidez de vous rendre dans la demeure de l'Oracle Tenchlar, perchée sur les collines d'Auttum, au Nord, **rendez-vous à la page 117**

LES MARECAGES

Après avoir récupéré votre butin et mis à mort cette créature répugnante, vous constatez que l'arme que vous avez touchée semble être parsemée d'un liquide. Vous la nettoyez mais cette aquosité attaque vos mains, vous perdez **15 points de vie** ! Locklhan se précipite vers vous et psalmodie une incantation, quelques secondes plus tard, vos mains retrouvent leur vigueur d'origine mais elles vous font encore mal.

La route n'est plus très longue vers la Citadelle Noire. Vous pouvez apercevoir au loin, l'une des cimes qui percent le ciel assombri au fur et à mesure que vous avancez. Vous galopez à vive allure, vos destriers recrachent violemment l'air putride qu'ils inhalent. Vous vous cachez le nez tellement l'odeur est insoutenable.

Ces péripéties vous ont montrés de quoi est capable le nécromant. Cela vous a donné une expérience bien méritée. Vous **gagnez un niveau supplémentaire**, félicitations !

> ➢ **+9 pts de Force**
> ➢ **+6 pts d'Armure**
> ➢ **+68 pts de Vie**
> ➢ **+10 PO**

Les Marécages de Zhalnor sont habituellement le lieu de toutes les horreurs rampantes. Mais, à votre avantage, cette zone est étrangement calme. Vous en profitez pour parcourir les milles et arrivez face à la Citadelle Noire.

Vous arrivez enfin à Shâltara, **rendez-vous à la page 15**

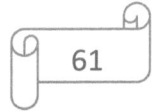

RETOUR A GALNOR

Il ne vous reste que peu de chemin avant d'arriver devant les remparts imposants de Galnor, la cité d'armes. Joyaux de la première couronne et du Roi Bérum. Les légendaires forges en font la forteresse la mieux protégée du Royaume de Fahl. Le château du monarque, surmonté d'un rocher au centre de la cité, reflète les rayons de soleil à plusieurs milles aux alentours. C'est ici que se concentre la majeure partie des habitants des Terres Mandrares. Surplombés de balistes construites dans le plus solide des bois ou encore de catapultes faites de métal, les remparts les protègent de toute attaque depuis des centaines de cycles.

Vous arrivez devant l'une des portes de la cité, comme toujours vous restez ébahis par sa puissance et sa grandeur. Ce lieu est le centre névralgique des décisions monarchales. Les Cinq Mages y viennent souvent lorsque le Roi Bérum doit édicter la moindre loi.

Artémion s'empresse de franchir les grilles de la grande porte. D'une traite, il atteint les premiers escaliers qui mènent au château. Vous vous hâtez également à le rejoindre. Le temps vous est compté.

Entouré des meilleurs conseillers du royaume, le suzerain apporte sa main droite à son menton tandis que l'autre passe sous son coude. L'heure est à la réflexion. Mais vous allez devoir tenir tête à un conseil qui réfute souvent les nouvelles venant du Quatrième Royaume. Locklhan, le plus âgé du groupe, entame la discussion :

- Sire ! Nous venons à vous pour vous rapporter de bien mauvaises nouvelles.
- Je n'ai pas de temps pour cela, paladin, s'offusque le monarque.
- Il vous plaira d'entendre, mon Roi, que la Relique de Faln-Lannar est entre des mains démoniaques.

- Que dites-vous ? Répond le Roi Bérum. Mais, attendez, vous êtes les trois Guerriers d'Auttum ! C'est à vous que nous avons confié la quête de la Relique, n'est-ce pas ?
- Oui, messire, c'est bien cela, acquiescez-vous.
- Qu'est-il arrivé ? Pourquoi dites-vous qu'elle est entre des mains démoniaques ?
- Nous avons parcouru toutes les contrées jusqu'à Bäl-Geren, continuez-vous, ainsi que jusqu'à Ponthal. C'est à cet endroit qu'elle a été dérobée.
- Dérobée ? Mais par quel enfer n'était-elle pas en sécurité ? S'insurge le monarque en retournant sur son trône.
- Tout à fait, messire, nous ne savons pas encore pour quelle raison mais nous devons agir vite. Nous devons nous hâter.

Locklhan se retourne et vous regarde les yeux grands ouverts. Il s'étonne que vous n'ayez rien dit au sujet de la Relique de Faln-Lannar, mais il comprend que ce n'est pas le moment d'en parler, surtout devant le roi.

À tour de rôle, vous expliquez au suzerain les raisons de votre retour à Galnor et de l'importance de vous rendre coûte que coûte à Shâltara. Le Mage Tohn-Mâ qui n'était pas loin lors de cette discussion, interrompt le groupe et dit :
- Je peux créer un portail, une sorte de passerelle, mais pas pour Shâltara. Ce serait du suicide !
- Mais nous devons récupérer le Relique, fustige Carhâa.
- C'est bien ce que vous allez faire, madame, mais vous devez d'abord quérir de l'aide. C'est pourquoi je vais vous envoyer au Nord, bien au-delà de l'Océan Boréal. Vous allez vous rendre au Royaume de Nord-Rivage, à…
- Vreseryth… termine Locklhan.

- Exactement, mon ami, vous connaissez ces terres arides et hostiles que vous avez traversées autrefois. Vous savez que le froid peut vous tuer si vous ne prenez garde… Mais la Reine Oretalha est la seule avec son armée et ses armes de glace à pouvoir vous aider dans cette quête. Contrairement à nous, elle n'est pas affaiblie par la disparition des autres Mages. La puissante reine de Nord-Rivage rétablira le lien qui nous unit.
- Qu'il en soit ainsi, approuve l'Ancien Paladin.

Après quelques instants d'incantation, le Mage Tohn-Mâ fait apparaître un cercle au sol, tout le monde s'écarte. Le cercle se transforme peu à peu en sphère puis le vent se met à souffler à proximité. Des lumières jaillissent du centre. Le magicien vous demande alors de pénétrer à l'intérieur. Avant même d'avoir fait vos premiers pas dans le portail, vous pouvez apercevoir ce qui ressemble à des montagnes et de la neige. Le tout est assez flou mais plus vous vous engouffrez à l'intérieur, plus cela devient clair. Vous n'avez même le temps de vous en rendre compte que vous sentez le froid vous envahir. Vos oreilles vous font mal, vos pieds commencent à s'engourdir. Vous êtes arrivés en un instant au point le plus au Nord d'Hissfon : les Glaciers Calomnum !

Vous vous retrouvez au Royaume de Nord-Rivage, **rendez-vous à la page 96**

UNE CERTAINE MALCHANCE

Les dés sont jetés ! Vous devez impérativement quitter le territoire de la Montagne Sacrée de Mérhidios. Les soldats de la reine sont intraitables et ne toléreront plus votre présence.

Vous partez avec une amertume palpable. Vous dévalez la pente qui mène à l'auberge, vous devez le faire à pied. Votre arrivée devant l'établissement est plus rapide que prévu, quelle témérité ! Vos amis, dépités, vous voient revenir aussi vite que vous êtes parti. Carhâa entame la discussion la première :

- Tu n'as pas réussi à la convaincre, mon ami ?
- Je n'ai même pas eu le temps de la voir…
- Pas eu le temps ? Demande Artémion. Elle n'était pas au sommet ?
- Elle y était, mais j'ai failli à ma mission. Mon cheval est mort de fatigue, je suis tombé et me suis écorché sur la roche. J'ai pu atteindre la demeure de Shôl-Orelhan pour y être soigné. Seulement, mon destin était déjà scellé. Il m'a été refusé de prendre quelconque position.
- J'en suis navrée, vous soutient la jeune femme en vous serrant dans ses bras. Qu'allons-nous faire maintenant ?
- Retourner à Shâltara et espérer que le plan de la Reine Oretalha sera exécuté à temps…

Chacun se regarde, le temps vous est compté mais tout repose sur les décisions d'une souveraine qui ignore la puissance magique du groupe. L'aubergiste vous propose de partir avec le nécessaire de vivres pour le trajet et un cheval. Cela vous **coûtera 15PO**. Si vous n'avez plus de quoi payer, lancez les deux dés. Si le résultat est **supérieur ou égal à 5**, vous récupérez la monture + 1 potion de vie majeure. Si votre score est **inférieur à 4**, vous devez partir les mains vides !

Vous montez tous les quatre vos destriers dont les couleurs palissent dès lors que les derniers rayons de soleil embrasent le ciel.

Votre destination est à deux soleils de galop, partez sans tarder. Vous traversez d'une traite le Royaume de Mérhidios et atteignez les côtes les plus proches faisant face à la Citadelle Noire. Vous y laissez vos montures qui ne pourront vous aider dans la suite de votre aventure.

Vous vous dirigez toujours plus au Sud, **rendez-vous à la page 114**

L'AIDE VENUE DE L'EST

Il n'aura pas fallu longtemps pour que vous ayez des nouvelles du Mage Donnhum. Grâce à Tannelu, vous apprenez que de l'aide a été demandée auprès du Royaume de Nord-Rivage. La grande Reine Oretalha, la dame des glaces, a accepté et vous fait savoir que sa flotte comprenant des milliers de navires va quitter Vreseryth, la capitale. La grandeur de son armée est connue à travers tous les continents d'Hissfon.

L'histoire vous a appris que c'est la suzeraine du Nord qui a autrefois terrassé le nécromant. Vous jubilez de cette nouvelle car cela pourrait signifier la fin de la guerre dans les contrées des Terres Mandrares et au-delà.

Si vous parvenez à rester discret avant qu'elle n'arrive, vous aurez toutes les chances de votre côté pour combattre avec la puissante suzeraine. Vous ne connaissez pas le royaume du Nord mais vous savez que ses habitants sont intrépides. Les terres gelées de Nord-Rivage sont si hostiles que la Mort est présente à chaque instant, ceux qui ont foulé ces contrées gelées le savent bien.

Afin d'attendre cette précieuse aide et mettre la relique en lieu sûr, vous avez le choix entre rester où vous êtes ou changer de lieu. Vous devez vous rappeler que les murs ont tremblé lorsque vous vous êtes emparé de la Relique de Faln-Lannar. Cela pourrait présager un événement néfaste.

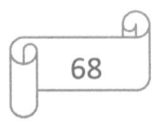

Vous décidez de rester à votre place, **rendez-vous à la page 128**

Vous préférez quitter les lieux qui ne sont plus sûrs, **rendez-vous à la page 142**

LA FLOTTE DE LA REINE

Vous êtes en compagnie des meilleurs guerriers de Nord-Rivage et des plus puissants sorciers du Nord. Cela vous intimide mais vous savez que Galnor n'a pas à rougir de cette puissance. Vous vous rendez à Shâltara pendant qu'une grande partie de l'armée sombre du Comte Nerrum se dirige tout droit vers Galnor et Moprem. Vous faites confiance au Roi Bérum et les Mages restés dans leur cité respective. Vous espérez qu'une aide vous sera octroyée afin d'en finir avec le Quatrième Royaume.

La traversée a été certes rapide, mais lorsque vous entamez l'abordage, l'on vous ordonne d'attendre à l'arrière de la formation. Vous suivez les ordres avec vos amis et patientez. Les navires se vident peu à peu de leurs occupants, l'armée de la Reine déferle sur la Citadelle Noire dans un silence digne des plus grandes prières. L'effet de surprise a été garanti par la suzeraine.

Lorsque cela vous est demandé, vous les suivez et apercevez au loin les premiers éclats de magie qui viennent transpercer les corps crasseux des premiers gardes Névrigiens.

Vous marchez à travers un amoncellement de cadavres en putréfaction. Vous arrivez alors devant le Comte Nerrum, muni de son sceptre, qui se prépare à lancer son premier sort. Vous allez devoir l'affronter !

Ce combat va se dérouler en 3 phases : pour chacune des phases, vous devrez combattre selon les règles spécifiées.

Entre chaque phase, vous aurez la possibilité d'utiliser une potion sans avoir à lancer les dés.

PHASE 1

<u>**CREATURE COMBATTUE**</u> : Comte Nerrum
<u>**CARACTERISTIQUES**</u> : Niveau = **4** ; Force = **55pts** ; Armure = **60pts** ; Points de Vie = **165pts**

> ➢ Si votre niveau est **supérieur ou égal à** celui de la créature, continuez le combat, s'il **inférieur**, multipliez par **2** tous les points de vie de la créature.
> ➢ Si votre nombre de points d'armure est **supérieur ou égal à** celui de la créature, rajoutez **6** à tous vos lancers de dés, s'il est **inférieur**, déduisez **3** de tous vos lancers de dés.
> ➢ Si votre nombre de points de force est **supérieur ou égal** à celui de la créature, rajoutez **6** à tous vos lancers de dés, s'il est **inférieur**, déduisez **3** de tous vos lancers de dés.
> ➢ Lancez les deux dés, si le total est **supérieur ou égal à 7** (comptabilisez la somme des dés), vous infligez des dégâts et la créature perd le même nombre de points de vie indiqués par la somme. Si le total est **inférieur à 7** (comptabilisez la somme des dés), vous perdez le même nombre de points de vie, que vous déduisez de votre *FDQ*. Répétez le lancer jusqu'à ce que le total des Points de Vie de la créature ou de vous-même atteigne **0**.
> ➢ Si vous souhaitez utiliser une potion de vie, lancez les dés, si le total est **supérieur ou égal à 7**, vous gagnez

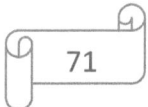

les Points de Vie de la potion, sinon vous ne pouvez pas l'utiliser pendant les deux prochains tours. Vous relancez les dés normalement.

➤ *Vous ne pouvez pas fuir !

Si vous vainquez le Comte Nerrum, passez à la Phase 2.

PHASE 2

<u>CARACTERISTIQUES</u> : Niveau = **4** ; Force = **50pts** ; Armure = **55pts** ; Points de Vie = **100pts**

➤ Si votre niveau est **supérieur ou égal à** celui de la créature, continuez le combat, s'il **inférieur**, multipliez par **2** tous les points de vie de la créature.

➤ Si votre nombre de points d'armure est **supérieur ou égal à** celui de la créature, rajoutez **8** à tous vos lancers de dés, s'il est **inférieur**, déduisez **3** de tous vos lancers de dés.

➤ Si votre nombre de points de force est **supérieur ou égal à** celui de la créature, rajoutez **8** à tous vos lancers de dés, s'il est **inférieur**, déduisez **3** de tous vos lancers de dés.

➤ Lancez les deux dés, si le total est **supérieur ou égal à 6** (comptabilisez la somme des dés), vous infligez des dégâts et la créature perd le même nombre de points de vie indiqués par la somme. Si le total est **inférieur à 6** (comptabilisez la somme des dés), vous perdez le même nombre de points de vie, que vous déduisez de votre *FDQ*. Répétez le lancer jusqu'à ce que le total des Points de Vie de la créature ou de vous-même atteigne **0**.

➤ Si vous souhaitez utiliser une potion de vie, lancez les dés, si le total est **supérieur ou égal à 6**, vous gagnez les Points de Vie de la potion, sinon vous ne pouvez pas l'utiliser pendant les deux prochains tours. Vous relancez les dés normalement.

➤ *Vous ne pouvez pas fuir !

Si vous vainquez le Comte Nerrum, passez à la phase 3

PHASE 3

<u>**CARACTERISTIQUES**</u> : Niveau = **4** ; Force = **45pts** ; Armure = **50pts** ; Points de Vie = **70pts**

➤ Si votre niveau est **supérieur ou égal à** celui de la créature, continuez le combat, s'il **inférieur**, multipliez par **2** tous les points de vie de la créature.

➤ Si votre nombre de points d'armure est **supérieur ou égal à** celui de la créature, rajoutez **6** à tous vos lancers de dés, s'il est **inférieur**, déduisez **3** de tous vos lancers de dés.

➤ Si votre nombre de points de force est **supérieur ou égal** à celui de la créature, rajoutez **6** à tous vos lancers de dés, s'il est **inférieur**, déduisez **3** de tous vos lancers de dés.

➤ Lancez les deux dés, si le total est **supérieur ou égal à 5** (comptabilisez la somme des dés), vous infligez des dégâts et la créature perd le même nombre de points de vie indiqués par la somme. Si le total est **inférieur à 5** (comptabilisez la somme des dés), vous

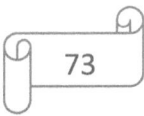

perdez le même nombre de points de vie, que vous déduisez de votre *FDQ*. Répétez le lancer jusqu'à ce que le total des Points de Vie de la créature ou de vous-même atteigne **0**.

➢ Si vous souhaitez utiliser une potion de vie, lancez les dés, si le total est **supérieur ou égal à 7**, vous gagnez les Points de Vie de la potion, sinon vous ne pouvez pas l'utiliser pendant les deux prochains tours. Vous relancez les dés normalement.

➢ *Vous ne pouvez pas fuir !

Si vous avez vaincu le Comte Nerrum, **rendez-vous à la page 86**

Si vous n'avez plus de points de vie, la partie est terminée, vous avez perdu !

L'ESCALIER

Vous décidez d'emprunter l'escalier dont les marches paraissent interminables. L'odeur pestilentielle ne vous laisse pas indifférents. Une lumière intense illumine le bout du couloir. Des bruits étranges s'échappent soudainement des parois, vous vous demandez si quelque chose ne va pas surgir.

Vous vous approchez lentement vers la source lumineuse, l'arme à la main. Vous êtes sur le qui-vive. Vous approchez peu à peu de l'antre du nécromant, le danger est plus que jamais présent.

Au détour d'un corridor, vous entendez des incantions au loin. Une magie noire psalmodiée pour un sacrifice ou une transformation. Les Sorciers de Tehala le font fréquemment suite à des captures de villageois. Vous continuez d'avancer en restant discret et tombez sur une pièce quelques mètres plus loin. Vous pénétrez à l'intérieur et constatez qu'un paladin se tient sur ses genoux, comme lors d'une prière de soin. Vous reconnaissez le blason sur son armure et son marteau : la bannière de Fahl. Artémion, inquiet du sort de ce malheureux prisonnier se dirige vers lui quand tout à coup, le paladin tourne sa tête en sa direction et crie d'une voix rauque et déformée « Mourrez ! Vous allez tous mourir ! ». Le jeune guerrier s'insurge et croise le fer avec cet être perverti par la magie noire. Le paladin assène un coup si puissant à Artémion qu'il tombe à terre, sonné par tant de puissance. Ce démon se retourne et saute sur vous.

Un combat commence, utilisez votre FDQ et vos dés afin d'entamer la partie.

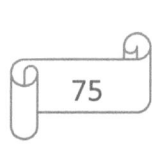

CREATURE COMBATTUE : Paladin gangrené supérieur
CARACTERISTIQUES : Niveau = **3** ; Force = **42pts** ; Armure = **55pts** ; Points de Vie = **99pts**

- ➤ Si votre niveau est **supérieur ou égal à** celui de la créature, continuez le combat, s'il **inférieur**, multipliez par **2** tous les points de vie de la créature, sinon, vous fuyez selon le dernier paragraphe ci-après*

- ➤ Si votre nombre de points d'armure est **supérieur ou égal à** celui de la créature, rajoutez **3** à tous vos lancers de dés, s'il est **inférieur**, déduisez **3** de tous vos lancers de dés.

- ➤ Si votre nombre de points de force est **supérieur ou égal à** celui de la créature, rajoutez **3** à tous vos lancers de dés, s'il est **inférieur**, déduisez **3** de tous vos lancers de dés.

- ➤ Lancez les deux dés, si le total est **supérieur ou égal à 5** (comptabilisez la somme des dés), vous infligez des dégâts et la créature perd le même nombre de points de vie indiqués par la somme. Si le total est **inférieur à 5** (comptabilisez la somme des dés), vous perdez le même nombre de points de vie, que vous déduisez de votre *FDQ*. Répétez le lancer jusqu'à ce que le total des Points de Vie de la créature ou de vous-même atteigne **0**.

- ➤ Si vous souhaitez utiliser une potion de vie, lancez les dés, si le total est **supérieur ou égal à 6**, vous gagnez les Points de Vie de la potion, sinon vous ne pouvez pas l'utiliser pendant les deux prochains tours. Vous relancez les dés normalement.

- ➤ *Si vous souhaitez fuir, vous devez lancer les dés, si le total est **supérieur ou égal à 6**, vous fuyez et perdez **40pts de vie** et **ne récoltez pas le butin**, allez directement à la **page 170** ! Si le total est **inférieur à**

6, vous restez face à la créature et perdez **20pts de vie** !

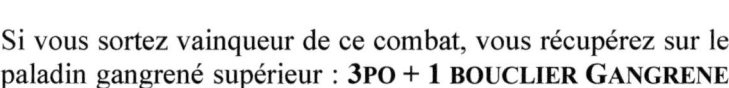

Si vous sortez vainqueur de ce combat, vous récupérez sur le paladin gangrené supérieur : **3PO + 1 BOUCLIER GANGRENE + 1 POTION DE FORCE MAJEURE, rendez-vous à la page 170**

Si vous perdez ce combat, vous êtes mort, **rendez-vous à la page 1 et recommencez depuis le début**

LE PORT DE VALANAM

Vous débarquez sur une chaloupe, en jetant un dernier regard vers la Reine Oretalha. Celle-ci vous sourit puis disparaît. La petite embarcation vous permet d'atteindre le Port de Valanam. Cette cité à moitié détruite par les hordes de Névrigiens est le dernier bastion avant le Quatrième Royaume.

Vous contemplez les ruines parmi lesquelles se trouvent quelques marchands. La paume de votre main droite sur votre arme, vous divaguez entre les étals et tentez de trouver quelque chose qui pourrait vous aider dans votre quête.

Voyons les armes disponibles :

➢ 1 arbalète à Pointes de Mérhidios (+32 pts de Force), cette arme **vous coûte 19PO**

➢ 1 lance à Double Flèche de Zhalnor (+21 pts d'Armure), cette arme **vous coûte 21PO**

Il vous est également possible d'acheter des potions, en plus d'une nouvelle arme, cela vous serait utile si votre besace est vide.

➢ 1 potion de vie légendaire (+55 pts de Vie), cette potion **vous coûte 25PO**

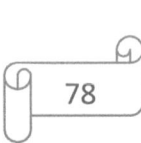

> 1 potion de force légendaire (+45 pts de Force), cette potion **vous coûte 28PO**

Vous avez la possibilité d'acheter un cheval qui vous permettra de vous rendre plus rapidement à l'endroit de votre choix.

> 1 cheval des côtes de Valanam, cet achat **vous coûte 20PO**

Vous avez acquis un cheval, vous décidez d'aller à la Montagne Sacrée de Mérhidios, **rendez-vous à la page 163**

Vous continuez votre route au Sud, en direction du Quatrième Royaume, **rendez-vous à la page 114**

LA VEILLE

Les derniers rayons de soleil percent les nombreux nuages tandis qu'une fine bruine se met à humidifier les alentours. Le calme règne malgré le tumulte de la Citadelle Noire, face à vous. Vous attendez ainsi tel que le message vous l'indiquait.

Vous vous préparez, arme à la main, potions accrochées à votre ceinture. Votre cœur se met à battre intensément, votre destin va se jouer dans peu temps. Vous redoutiez cet instant, malgré votre périple à travers les contrées d'Hissfon. L'expérience que vous avez gagnée depuis votre départ d'Auttum fait de vous et de votre groupe une arme bien plus redoutable contre le nécromant et ses sbires.

Locklhan lit quelques parchemins d'attaque assis sur une pierre, à l'écart. Ce paladin très expérimenté a vécu d'innombrables batailles en tout genre. Son marteau est imprégné de tant de magie qu'il scintille à l'approche d'un combat.

Vous guettez avec vos amis les environs lorsque vous apercevez quelque chose au loin, cela s'approche peu à peu. Les immenses plumes et le bec fourchu, une couleur qui se fond dans le crépuscule, voici un griffon royal dans toute sa splendeur. Les griffes acérées se plantent aisément dans la roche, il prend appui et Doltha, le fils paladin du Roi Bérum descend, muni de son épée. Une épée runique qui fait de ce guerrier magique un cas unique sur Hissfon.

Le jeune homme vient à votre rencontre :
- Nous sommes prêts, nous devons entrer dans Shâltara par surprise et attaquer au plus vite.
- Bien, affirmez-vous, nous sommes prêts également

Vous entamez votre marche vers la Citadelle Noire, le regard fixé sur ce lieu infâme où règne le chaos. Le petit groupe emprunte l'un des passages cachés sur le côté de la forteresse. Chacun se faufile dans la crevasse et entame le périple à travers les corridors labyrinthiques. Doltha fracasse quelques goules d'un coup d'épée runique, le sang gicle de part et d'autre des couloirs. La ferveur de ce jeune paladin est incomparable.

Vous arrivez maintenant devant une porte de bois toute simple. Selon ses informations, le Comte Nerrum devrait s'y trouver, en train d'élaborer un nouveau plan ou de sacrifier un énième Artélien. Locklhan vous demande de vous écarter pour lui laisser le passage vers cette porte :

- Il risque d'y avoir quelques éclats… reculez-vous !

L'Ancien Paladin s'exécute et lance violemment son marteau contre la porte qui explose. La fumée se dissipe et vous apercevez un groupe en plein rituel composé de sorciers de Tehala et non pas du Comte Nerrum, mais du Chevalier Noir Krïnhom. Ce qui n'était bien sûr pas prévu. Le groupe arrête instantanément son rituel et court à travers la salle en direction d'un autre couloir. Vous les poursuivez, l'arme à la main. Lorsque vous retrouvez ces sbires macabres, le Comte Nerrum vous fait face, son sceptre à la main.

Locklhan, aidé de Doltha, se dirige vers lui. Le combat entre eux s'engage. Le Chevalier Noir vous regarde et s'avance vers vous. Artémion et Carhâa s'occupent de quelques goules et abominations que Krïnhom fait apparaître à proximité.

La magie fuse de toute part. Des étincelles éclatent contre les murs, l'armée sombre du Comte Nerrum entre alors dans la grande salle. Vous semblez submergés mais un grondement fait trembler le sol. Une explosion fait s'effondrer tout un pan tandis que des voix s'élèvent. Des cris fusent. Vous

voyez entrer l'armée de la Reine Oretalha, habillée
entièrement de blanc.

Vous regardez à droite, à gauche et voyez tout à coup,
sur une balustrade, le Nécromancien Thâar, lourdement
assisté. Il ne se soucie guère de votre présence car son ennemi
de toujours, la suzeraine, est prête à l'affronter.

Vous n'avez pas le temps de contempler la scène, le
Chevalier Noir Krïnhom est maintenant face à vous.

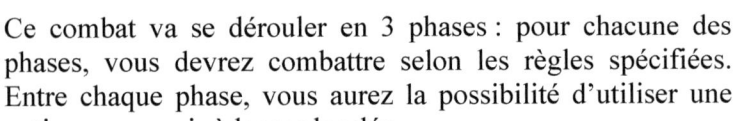

Ce combat va se dérouler en 3 phases : pour chacune des
phases, vous devrez combattre selon les règles spécifiées.
Entre chaque phase, vous aurez la possibilité d'utiliser une
potion sans avoir à lancer les dés.

PHASE 1

<u>**CREATURE COMBATTUE**</u> : Chevalier Noir Krïnhom
<u>**CARACTERISTIQUES**</u> : Niveau = **4** ; Force = **65pts** ; Armure
= **70pts** ; Points de Vie = **180pts**

> ➢ Si votre niveau est **supérieur ou égal à** celui de la
> créature, continuez le combat, s'il **inférieur**,
> multipliez par **2** tous les points de vie de la créature.
> ➢ Si votre nombre de points d'armure est **supérieur ou
> égal à** celui de la créature, rajoutez **6** à tous vos lancers
> de dés, s'il est **inférieur**, déduisez **3** de tous vos
> lancers de dés.

- ➢ Si votre nombre de points de force est **supérieur ou égal** à celui de la créature, rajoutez **6** à tous vos lancers de dés, s'il est **inférieur**, déduisez **3** de tous vos lancers de dés.

- ➢ Lancez les deux dés, si le total est **supérieur ou égal à 6** (comptabilisez la somme des dés), vous infligez des dégâts et la créature perd le même nombre de points de vie indiqués par la somme. Si le total est **inférieur à 6**(comptabilisez la somme des dés), vous perdez le même nombre de points de vie, que vous déduisez de votre *FDQ*. Répétez le lancer jusqu'à ce que le total des Points de Vie de la créature ou de vous-même atteigne **0**.

- ➢ Si vous souhaitez utiliser une potion de vie, lancez les dés, si le total est **supérieur ou égal à 7**, vous gagnez les Points de Vie de la potion, sinon vous ne pouvez pas l'utiliser pendant les deux prochains tours. Vous relancez les dés normalement.

- ➢ *Vous ne pouvez pas fuir !

Si vous vainquez le Chevalier Noir, passez à la Phase 2.

PHASE 2

<u>CARACTERISTIQUES</u> : Niveau = **4** ; Force = **55pts** ; Armure = **60pts** ; Points de Vie = **110pts**

- ➢ Si votre niveau est **supérieur ou égal à** celui de la créature, continuez le combat, s'il **inférieur**, multipliez par **2** tous les points de vie de la créature.

- ➢ Si votre nombre de points d'armure est **supérieur ou égal à** celui de la créature, rajoutez **8** à tous vos lancers

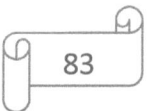

de dés, s'il est **inférieur**, déduisez **3** de tous vos lancers de dés.

➢ Si votre nombre de points de force est **supérieur ou égal** à celui de la créature, rajoutez **8** à tous vos lancers de dés, s'il est **inférieur**, déduisez **3** de tous vos lancers de dés.

➢ Lancez les deux dés, si le total est **supérieur ou égal à 5** (comptabilisez la somme des dés), vous infligez des dégâts et la créature perd le même nombre de points de vie indiqués par la somme. Si le total est **inférieur à 5** (comptabilisez la somme des dés), vous perdez le même nombre de points de vie, que vous déduisez de votre *FDQ*. Répétez le lancer jusqu'à ce que le total des Points de Vie de la créature ou de vous-même atteigne **0**.

➢ Si vous souhaitez utiliser une potion de vie, lancez les dés, si le total est **supérieur ou égal à 6**, vous gagnez les Points de Vie de la potion, sinon vous ne pouvez pas l'utiliser pendant les deux prochains tours. Vous relancez les dés normalement.

➢ *Vous ne pouvez pas fuir !

Si vous vainquez le Chevalier Noir, passez à la phase 3

PHASE 3

<u>**CARACTERISTIQUES**</u> : Niveau = **4** ; Force = **55pts** ; Armure = **60pts** ; Points de Vie = **55pts**

➢ Si votre niveau est **supérieur ou égal à** celui de la créature, continuez le combat, s'il **inférieur**, multipliez par **2** tous les points de vie de la créature.

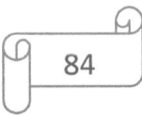

➢ Si votre nombre de points d'armure est **supérieur ou égal à** celui de la créature, rajoutez **6** à tous vos lancers de dés, s'il est **inférieur**, déduisez **3** de tous vos lancers de dés.

➢ Si votre nombre de points de force est **supérieur ou égal** à celui de la créature, rajoutez **6** à tous vos lancers de dés, s'il est **inférieur**, déduisez **3** de tous vos lancers de dés.

➢ Lancez les deux dés, si le total est **supérieur ou égal à 4** (comptabilisez la somme des dés), vous infligez des dégâts et la créature perd le même nombre de points de vie indiqués par la somme. Si le total est **inférieur à 4** (comptabilisez la somme des dés), vous perdez le même nombre de points de vie, que vous déduisez de votre *FDQ*. Répétez le lancer jusqu'à ce que le total des Points de Vie de la créature ou de vous-même atteigne **0**.

➢ Si vous souhaitez utiliser une potion de vie, lancez les dés, si le total est **supérieur ou égal à 7**, vous gagnez les Points de Vie de la potion, sinon vous ne pouvez pas l'utiliser pendant les deux prochains tours. Vous relancez les dés normalement.

➢ *Vous ne pouvez pas fuir !

Si vous avez vaincu le Chevalier Noir Krïnhom, **rendez-vous à la page 100**

Si vous n'avez plus de points de vie, la partie est terminée, vous avez perdu !

LA VICTOIRE

À terre, en train d'agoniser, le Comte Nerrum avoue sa défaite mais maintient que le nécromant pourra revenir s'il échoue, sous une autre forme.

Cette bataille épique a pu être remportée grâce au secours du paladin Doltha, le fils du Roi Bérum. Le jeune homme a pu assister Locklhan grâce à sa magie naissante mais très efficace. Vous voyez ainsi le Chevalier Noir Krïnhom vaincu, dont le corps a fini en poussière.

Il ne faut que peu de temps pour que la Reine Oretalha en vienne à bout du Nécromancien Thâar. Sa puissante magie et son armée ont envahi la salle où se trouvait le nécromant. Les sortilèges effrénés de la suzeraine de glace ont anéanti le Seigneur de la forteresse sombre.

Cette victoire entraîne la destruction de l'armée sombre à Galnor. La cité d'armes était en proie à un déferlement de Névrigiens composés de sorciers de Tehala ou encore des Trolls de Nankage. La citadelle, en partie détruite, attend votre retour avec la plus grande impatience.

Le Reine Oretalha, épuisée de cette bataille, vous remercie :

- Nous y sommes arrivés, une bonne fois pour toute cet abjecte serviteur du Mal est retourné dans les abysses de notre monde !
- Votre aide était indispensable, ma Reine, affirmez-vous en vous inclinant.
- Nous devons maintenant repartir, ce dernier sortilège m'a terriblement affaiblie.

Ce qui reste de l'armée de Nord-Rivage s'en va et regagne les navires restés près de la forteresse. Vous entamez votre retour. Vous avez vaincu l'armée sombre et mis un terme à cette guerre, vous pouvez savourer votre victoire !

Vous avez terminé votre quête ! Félicitations !

UN JOUR NOUVEAU

Vous portez le coup fatal dans le cœur du Nécromancien Thâar. Sur ses genoux, il finit par vous regarder et chuchote « Ce… N'est… Pas… Fini… ».

Un dernier regard et le nécromant s'écroule contre le sol. Toutes les créatures dans la forteresse éclatent dans une poussière qui s'élève dans les airs puis disparaît. Dans un élan de satisfaction, la Reine Oretalha décapite le Comte Nerrum dont la tête roule sur la roche et s'arrête près d'elle. Son corps éclate également puis s'envole dans une nuée qui semble danser dans le vent.

Quant au Chevalier Noir, il assène une balafre sur l'abdomen de Doltha alors que le jeune paladin git sur le sol. Un éclair d'une intense luminosité vient percer la noirceur du ciel et se déchaine sur le corps de Krïnhom. Son regard se fige, Doltha tente de savoir d'où provient ce puissant sortilège et voit Locklhan avec un grimoire dans les mains. La Reine Oretalha a eu le temps de le lui donner afin de terminer ce combat sanglant.

Chacun se regarde. Chacun contemple silencieusement sa victoire tout en réalisant l'ampleur des pertes. Une partie de l'armée de la reine des terres gelées est décimée, tandis que les troupes restantes venues de Galnor repartent par le portail formé par le Mage Donnhum.

La Reine Oretalha prend le chemin du retour, en direction de sa flotte, un dernier regard vers vous comme pour vous remercier de cet acte de bravoure. Avoir libéré les Terres Mandrares d'un tyran sanguinaire, voilà le but de votre quête.

Vous vous retournez et proposez à vos amis et au Mage Tannelu de vous suivre vers le portail. Le magicien, avant de l'atteindre, fait une ultime fois face à la Citadelle Noire de Shâltara et psalmodie une incantation. Vous entendez raisonner dans votre tête les voix des cinq Mages, comme unit par un lien étrange. À la fin de l'enchantement, une boule de feu éclatante surgit du néant et vient s'écraser sur la forteresse. Une extraordinaire explosion se produit en son centre, ce qui a pour effet d'aspirer vers l'intérieur tous les alentours. En un instant, l'île sur laquelle se trouvait Shâltara disparaît.

L'aube ne tarde pas à changer les couleurs du ciel. Vous avez éradiqué le Mal d'Hissfon, votre peuple est maintenant libre.

Vous avez terminé votre quête ! Félicitations !

UNE ESCARMOUCHE

N'ayant pas confiance en Hamaya, vous décidez donc de continuer vers les profondeurs de l'Ouest et des Marécages de Zhalnor. Ces contrées putrides emplissent tout votre être, vos amis se sentent fébriles, votre vitalité se dégrade peu à peu. Vous avancez alors que les brumes s'épaississent jusqu'à ne plus voir l'horizon. Cela a pour cause de vous affaiblir davantage que vos destriers s'enfoncent dans les méandres funestes. **Vous perdez 5 points de Force** !

Il vous faut plus d'une demi-lune pour atteindre la moitié des Marécages. Vous avez la tête qui tourne, votre esprit est semblable à un champ de ruine. Vous voyez vos amis subir le même sort. Vous aviez entendu parler autrefois des méfaits du Quatrième Royaume, mais rien ne vous laissait imaginer que celui vous rendrait de la sorte.

Jadis, le Quatrième Royaume était une terre verdoyante, aimée de tous, qui ne formait qu'un. Les villages prospéraient sous la douceur du soleil. Les vignes et autres vergers coloraient la moindre parcelle. L'Ouest des Terres Mandrares étaient connues pour accueillir des pèlerinages de toute sorte. Du jeune paladin au puissant Mage Donnhum, tout le monde accourait pour contempler les lieux et s'adonner à de grandes méditations. Dès l'avènement du Nécromancien Thâar, l'impact de sa puissance divisa la région en deux terres sinistrées dont les Marécages de Zhalnor. Immensité détruite par les sorts tous aussi funestes les uns que les autres des sorciers et autres abominations. Terre aujourd'hui synonyme de désolation. L'autre partie accueille la grande Citadelle Noire de Shâltara. Fief macabre du nécromant et de ses sbires tels que le Comte Nerrum. Puissant allié déchu au service du Mal.

Après avoir fait une pause et pris un repos plus que mérité, vous vous réveillez, entouré des eaux bouillonnantes

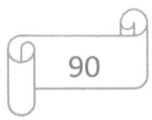

et de leurs vapeurs mortelles. Vous n'avez que peu de temps pour reprendre vos esprits alors qu'une troupe de Troll de Nankage fait irruption devant vous. Peu nombreux pour vous anéantir, mais assez pour rivaliser avec votre groupe. L'un d'eux s'approche férocement, les crocs laissant couler une bave visqueuse, le regard vitreux, il vous a pris en chasse. Ces bêtes sont écervelées mais leur instinct de base se réveille devant les Artéliens. Vous empoignez votre arme et parez au premier coup.

Un combat commence, utilisez votre FDQ et vos dés afin d'entamer la partie.

CREATURE COMBATTUE : Troll de Nankage
CARACTERISTIQUES : Niveau = **2** ; Force = **25pts** ; Armure = **20pts** ; Points de Vie = **50pts**

- ➤ Si votre niveau est **supérieur ou égal à** celui de la créature, continuez le combat, s'il **inférieur**, multipliez par **2** tous les points de vie de la créature, sinon, vous fuyez selon le dernier paragraphe ci-après*

- ➤ Si votre nombre de points d'armure est **supérieur ou égal à** celui de la créature, rajoutez **3** à tous vos lancers de dés, s'il est **inférieur**, déduisez **3** de tous vos lancers de dés.

- ➤ Si votre nombre de points de force est **supérieur ou égal** à celui de la créature, rajoutez **3** à tous vos lancers de dés, s'il est **inférieur**, déduisez **3** de tous vos lancers de dés.

- ➤ Lancez les deux dés, si le total est **supérieur ou égal à 6** (comptabilisez la somme des dés), vous infligez des dégâts et la créature perd le même nombre de

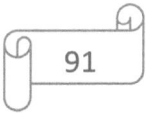

points de vie indiqués par la somme. Si le total est **inférieur à 6** (comptabilisez la somme des dés), vous perdez le même nombre de points de vie, que vous déduisez de votre *FDQ*. Répétez le lancer jusqu'à ce que le total des Points de Vie de la créature ou de vous-même atteigne **0**.

➤ Si vous souhaitez utiliser une potion de vie, lancez les dés, si le total est **supérieur ou égal à 6**, vous gagnez les Points de Vie de la potion, sinon vous ne pouvez pas l'utiliser pendant les deux prochains tours. Vous relancez les dés normalement.

➤ *Si vous souhaitez fuir, vous devez lancer les dés, si le total est **supérieur ou égal à 6**, vous fuyez et perdez **40pts de vie** et **ne récoltez pas le butin**, allez directement à la **page 107** ! Si le total est **inférieur à 6**, vous restez face à la créature et perdez **20pts de vie** !

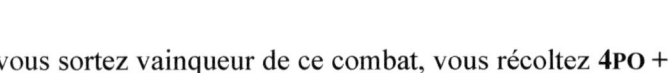

Si vous sortez vainqueur de ce combat, vous récoltez **4PO + 1 HACHE DES TREFONDS (+11PTS DE FORCE)**, **rendez-vous à la page 107**

Si vous perdez ce combat, vous êtes mort, **rendez-vous à la page 1 et recommencez depuis le début**

UNE PUISSANTE MAGIE

Vous saviez que les sorciers de Tehala étaient coriaces mais vous n'imaginiez pas les sorciers évolués aussi puissants. Après ce combat inopiné, vous remontez sur vos chevaux et arrivez devant les remparts de Foltaha, le fief du Mage Donnhum. Cette cité aux multiples colonnes, la pureté de ses bassins et la multitude de statues en font un haut lieu de la magie. Un bouclier transparent défend la forteresse comme nulle autre dans les Terres Mandrares. Bien que ses remparts ne soient pas bien hauts, cette protection a été créée par le magicien lui-même lors d'importantes incantations.

Les gardes vous jettent un regard hostile dès lors que vous franchissez la gigantesque porte. Vous ne savez pour quelle raison ils vous paraissent inhospitaliers, mais vous redoutez un accueil peu chaland. Votre arrivée est remarquée, tous les villageois s'arrêtent dans leur activité et vous regardent passer. Certains ont un sourire à votre égard, pendant que d'autres perdent leur joie et laissent place à une amertume évidente.

Vous questionnez vos amis puis vous vous tournez vers Locklhan :

- Sauriez-vous nous dire pourquoi nous sommes accueillis de la sorte ?
- Vous, je ne pourrais le dire, avoue le paladin, mais certains se demandent encore pourquoi il reste des Anciens Paladins sur Hissfon. Notre magie n'est plus d'aucune utilité…
- Ne dites pas ça ! Interrompt Carhâa. Toute magie quelle qu'elle soit reste utile tant que le Nécromancien Thâar est en vie.
- Vous paraissez bien sûre de vous ! S'insurge le haut dignitaire qui vous attend au pied d'un grand

escalier de marbre blanc. Nous ne prononçons pas son nom dans notre cité !

- Mais… Foltaha est proche du Quatrième Royaume, continue la jeune femme, ce qui affecte les uns finira par détruire votre citadelle !

- Ce n'est pas à nous de nous en préoccuper, madame, termine le vieil homme. Veuillez me suivre, je vais vous conduire dans des lieux plus appropriés, tout le monde vous regarde ici !

Sur ces propos peu plaisants, vous décidez d'accompagner ce haut dignitaire. Vous ne pouvez plus faire marche arrière désormais.

Vous montez les escaliers de cette bâtisse aux colonnes luisantes et le suivez, **rendez-vous à la page 11**

LA PORTE ROUGE

Vous tournez la poignée de la porte rouge, un cliquetis sourd se produit, suivi de plusieurs autres. Le battant s'éloigne tout seul, sans forcer dessus. Une pièce obscure fait place, aucune torche, aucun point lumineux, seulement un cercle au sol. Vous vous avancez et tout à coup ce cercle se met à briller. Un vent violent souffle. Le sol se met à vibrer puis une lumière apparaît au centre de la salle, qui se transforme en un écran de fumée dans lequel vous pouvez voir quelque chose. Des formes se distinguent facilement. Galnor la cité d'armes est là, attendant votre arrivée.

Vous pénétrez dans ce qui semble être un portail, Carhâa vous dit :

- Attends, Kenthaë, nous ne savons pas si c'est une autre ruse du nécromant pour t'attirer dans un piège…
- Impossible, m'amie, lui répondez-vous. Je connais les portails que créent les Mages, et celui-ci a été créé pour nous, j'en suis sûr.
- Je confirme, avoue Locklhan, j'ai pu voir plusieurs formes de portails et celui que nous voyons actuellement est bien celui qui mène à Galnor. Cela ne fait aucun doute. Les liserés bleus sur le côté montrent que c'est un portail qui vient du Mage Tohn-Mâ, nous pouvons le remercier !

Vous décidez alors de marcher tout droit vers la cité.

Vous quittez Shâltara, **rendez-vous à la page 28**

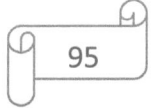

NORD-RIVAGE

Vous n'aviez jamais atteint ce continent. Il faut habituellement plusieurs soleils de traversée, pâtir des conditions météorologiques de l'Océan Boréal. Mais grâce au Mage Tohn-Mâ, vous y êtes arrivés instantanément. Vous admirez la beauté de ces nouvelles contrées, pourtant hostiles à toute vie du fait de températures négatives. Les flocons de neige se posent sur vos joues, sensation inconnue pour vous et vos amis. Le craquement de vos pas sur la neige fraîche vous emplie d'une humeur joyeuse et sereine.

Carhâa est admirative des lieux, pendant que le visage de Locklhan se ferme, peu à peu, tandis que vous avancez sous le blizzard :

- Ils auraient pu nous prévenir ! S'entonne Artémion. J'ai les extrémités gelées ! Toutes les extrémités !

La jeune femme lève les yeux au ciel et soupire sous les exagérations de son ami. Elle s'arrête promptement lorsqu'elle aperçoit, au loin, une étrange montagne, plus haute que les autres :

- Ce mont m'a l'air suspect, la neige par endroit n'a pas tenu et l'on peut distinguer d'ici comme du métal et non de la roche…
- Nous arrivons à Vreseryth, m'amie, confirme Locklhan à l'approche de la cité gelée.

Vos yeux brillent, médusés par la grandeur de cette montagne qui renferme une cité tout entière. Locklhan vous explique les caractéristiques spécifiques à cette ville, taillée dans la roche, qui a vu des générations et des générations de Vreseriens. Votre cœur bat de plus en plus fort, vous avez hâte de rencontrer la Reine Oretalha, plus grande puissance militaire et magique de cette partie d'Hissfon.

Vous avancez tant bien que mal, la neige s'épaissit sous vos pas. Carhâa se met à hurler lorsqu'un Sanguinaire des Glaces se jette sur elle. Vous dégainez votre arme, l'Ancien Paladin est trop loin devant pour intervenir. Cette créature blanche possède une toison aussi dure que l'acier, des petites cornes courbées sur son crâne et des mains avec seulement trois doigts. Son cri strident vous perce les tympans.

Un combat commence, utilisez votre FDQ et vos dés afin d'entamer la partie.

CREATURE COMBATTUE : Sanguinaire des Glaces
CARACTERISTIQUES : Niveau = **3** ; Force = **35pts** ; Armure = **43pts** ; Points de Vie = **95pts**

➤ Si votre niveau est **supérieur ou égal à** celui de la créature, continuez le combat, s'il **inférieur**, multipliez par **2** tous les points de vie de la créature, sinon, vous fuyez selon le dernier paragraphe ci-après*

➤ Si votre nombre de points d'armure est **supérieur ou égal à** celui de la créature, rajoutez **4** à tous vos lancers de dés, s'il est **inférieur**, déduisez **4** de tous vos lancers de dés.

➤ Si votre nombre de points de force est **supérieur ou égal** à celui de la créature, rajoutez **4** à tous vos lancers de dés, s'il est **inférieur**, déduisez **4** de tous vos lancers de dés.

➤ Lancez les deux dés, si le total est **supérieur ou égal à 6** (comptabilisez la somme des dés), vous infligez des dégâts et la créature perd le même nombre de

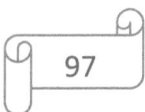

points de vie indiqués par la somme. Si le total est **inférieur à 6** (comptabilisez la somme des dés), vous perdez le même nombre de points de vie, que vous déduisez de votre *FDQ*. Répétez le lancer jusqu'à ce que le total des Points de Vie de la créature ou de vous-même atteigne **0**.

➤ Si vous souhaitez utiliser une potion de vie, lancez les dés, si le total est **supérieur ou égal à 6**, vous gagnez les Points de Vie de la potion, sinon vous ne pouvez pas l'utiliser pendant les deux prochains tours. Vous relancez les dés normalement.

➤ *Si vous souhaitez fuir, vous devez lancer les dés, si le total est **supérieur ou égal à 6**, vous fuyez et perdez **40pts de vie** et **ne récoltez pas le butin**, allez directement à la **page 43** ! Si le total est **inférieur à 6**, vous restez face à la créature et perdez **20pts de vie** !

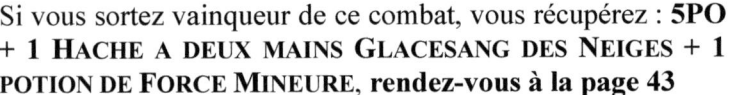

Si vous sortez vainqueur de ce combat, vous récupérez : **5PO + 1 Hache a deux mains Glacesang des Neiges + 1 potion de Force Mineure, rendez-vous à la page 43**

Si vous perdez ce combat, vous êtes mort, **rendez-vous à la page 1 et recommencez depuis le début**

FALN-LANNAR

Vous foncez droit sur la Relique, laissant le Mage Tannelu à son sort funeste. Vous estimez que sa perte n'aura aucune incidence sur le lien qui unit les Mages entre eux. La puissance du Mage Donnhum palliera cet acte.

Lorsque vous atteignez l'amulette et mettez vos mains sur ses dorures et ses symboles magiques, un imposant rayonnement éclate à travers la pièce, tout autour de vous paraît se dérouler lentement. Des formes fantômes de vous et de vos amis s'agitent. Elles vous montrent un futur proche en train d'évoluer et vous apercevez alors le moyen de sauver le Mage tout en conservant la Relique de Faln-Lannar.

Il ne vous reste que quelques secondes pour exécuter ce plan révélé par la magie de la Relique. Vous vous employez à sauver le Mage Tannelu comme vous venez de le voir, vous le sortez de la pièce et le déposez au sol, tout près. Vous retournez à l'intérieur pour aider vos amis qui ne comprennent pas comment le magicien a pu disparaître :
-   Venez mes amis ! Criez-vous. Nous devons fuir cette pièce, tout va s'écrouler !

Vous courrez vous mettre à l'abri, à proximité du Mage. Tout le groupe est abasourdi. Locklhan connaît les effets de la relique car il l'a toujours cherchée. C'était l'une de ses missions confiées par feu le Roi Gan-Trê. Vous vous asseyez à côté de Tannelu et expliquez la scène.

Vous donnez des explications, **rendez-vous à la page 184**

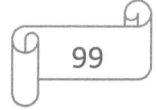

LA FIN

Vous assénez le dernier coup. Le coup fatal qui permet d'anéantir le Chevalier Noir Krïnhom. Vous le regardez lentement s'écrouler au sol. La magie qui le constituait s'échappe alors et son corps se décompose pour finir en poussière éparpillée sur le sol.

Vous levez les yeux et voyez vos amis en train de détruire les dernières goules et autres abominations qui se sont jetées sur eux. Locklhan et Doltha utilisent leurs puissantes armes et des parchemins d'attaque pour abattre d'un trait le Comte Nerrum. Son sceptre vient se briser au sol.

Vous n'êtes pas les seuls victorieux. Un épais nuage mêlé d'éclairs envahit les lieux, il se met à neiger tout autour de vous. Le sortilège le plus puissant de la Reine Oretalha vient broyer le corps répugnant du nécromant. Son cadavre tombe de la balustrade pour s'écraser au sol. L'épais nuage se dissipe pendant qu'un trait de lumière jaillit du corps du Nécromancien Thâar. L'éclair lumineux vient faire briller les parois de la forteresse, tout à coup, tous les corps des sbires partent en poussière et s'évaporent dans le ciel.

La suzeraine, affaiblie, vient vers vous :
- Nous y sommes arrivés, une bonne fois pour toute cet abjecte serviteur du Mal est retourné dans les abysses de notre monde !
- Votre aide était indispensable, ma Reine, affirmez-vous en vous inclinant.
- Nous devons maintenant repartir, ce dernier sortilège m'a terriblement affaiblie.

Le cortège entame son départ, les navires de Nord-Rivage attendent impatiemment de retourner dans les contrées gelées du Nord. Vous regardez vos amis, qui se mettent à sourire. Votre victoire contre les forces du nécromant va se

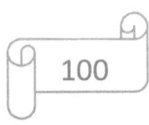

répandre à travers les Terres Mandrares. Vous avez vaincu l'ennemi des Artéliens. Vous pouvez désormais rentrer à Galnor en présence de vos amis. La cité du Roi Bérum a subi de lourdes pertes et a été détruite en partie par l'armée sombre qui a déferlé alors que vous combattiez à l'Ouest.

Vous avez terminé votre quête ! Félicitations !

LE DERNIER COULOIR

Ces créatures sans cervelle sont issues des îles de Nankage. Leur peuple hostile ne peut la quitter car leur évolution s'est arrêtée aux seuls besoins physiologiques. Leur hiérarchie est sommaire : un chef et ses sbires, ni plus ni moins. Le nécromant a profité de ces lacunes pour les utiliser comme combattant dans son armée sombre.

Cela fait maintenant plusieurs heures que vous attendez, la chance vous a souri car aucun intrus n'est venu perturber votre attente. Vous décidez de quitter la pièce car le Mage Tannelu vient tout juste de recevoir la garantie que la Reine Oretalha approche rapidement vers Shâltara.

Vous partez silencieusement, les alentours paraissent calmes mais il n'en est rien. Des bruits éclatent par endroit, vous espérez que l'aide venue du Nord va arriver sous peu, vous devez attaquer au plus tôt et mettre le Mage Tannelu à l'abri.

Vous longez un couloir interminable, il est si long qu'il vous mène de l'autre côté de la citadelle. Ce corridor finit par un angle qui donne directement sur une grande salle surmontée face à la cour, où attendent une multitude de créatures ignobles. Vous avancez lentement et jetez un œil dans cette salle. Vous entendez le Nécromancien vociférer sur les Artéliens et sa soif de conquête de l'ancien monde. Cela vous donne des frissons, à chaque fois qu'il parle, un brouhaha retentit dans la forteresse.

Locklhan se propose de vérifier l'arrivée des navires de la reine en montant au sommet de la plus haute tour. Sa magie permettra de repousser les quelques goules qui errent sans fin.

En attendant son retour, vous écoutez attentivement le nécromant et élaborez votre plan d'attaque. Vous gardez

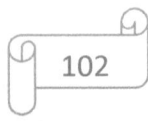

contre vous la précieuse relique, dont Thâar ne soupçonne pas son absence.

L'ascension de Locklhan au plus haut de la tour Est se fait en peu de temps, **rendez-vous à la page 165**

À L'EXTÉRIEUR D'AUTTUM

Vous êtes fin prêt et équipé pour votre aventure. Vous êtes posté à l'extérieur du village d'Auttum où vos amis, le Mage Donnhum et le Roi Bérum vous attendent.

Vous vous avancez pour faire face à votre souverain :

- Nos derniers rapports nous indiquent que le Nécromancien a repris une partie de sa force. Certains de nos bannerets mais aussi les sorciers de Tehala ont changé leur allégeance pour Thâar.
- Quelle stratégie voulez-vous adopter, sire ? Lui demandez-vous.
- Il vous faut rejoindre le Mage Tohn-Mâ à Moprem, je vais retourner à Galnor afin de convoquer les rois des royaumes voisins, l'heure est grave.
- Quant à moi, précise le Mage Donnhum, je me retire à Foltaha, j'ai certaines choses à régler, les tambours de guerre raisonnent plus bruyamment du côté du Royaume de Mérhidios.

Vous contemplez la discussion entre les deux puissances de ce monde. Vous connaissez la force et la conviction du Roi Bérum, vous devez vous hâter en direction de Moprem. Le Mage Tohn-Mâ vous y attend de pied ferme.

Le Mage Donnhum prend son bâton, ferme les yeux et psalmodie une incantation rare. Des halos se mettent à tournoyer autour du groupe de guerriers. Vous sentez en vous une force toute particulière. Grâce à ce sort, **vous passez au niveau supérieur**, félicitations !

Vous pouvez rajouter +1 à votre FDQ, case « Niveau ».

Ce changement de niveau vous octroie :

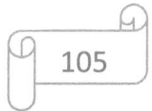

- ➤ **+8 pts de Force**
- ➤ **+3 pts d'Armure**
- ➤ **+25 pts de Vie**
- ➤ **+2,5 PO**

Lvl

+1

Il est maintenant temps de vous rendre à Moprem, afin de rencontrer le Mage Tohn-Mâ qui vous guidera dans votre quête, **rendez-vous à la page 175**

LA CITADELLE NOIRE

Ce combat était rude. Vous ne connaissiez les Trolls de Nankage que de réputation, et non des meilleures. Vous reprenez vos esprits, vos amis sont sortis indemnes de cet affrontement. Vous levez la tête et apercevez la cime de l'une des tours de Shâltara, la grande Citadelle Noire. Un mal bien défini rode parmi ces terres désolées, vous devez vous hâter, la forteresse se trouve à deux soleils à l'Ouest.

Grâce aux combats que vous avez menés et votre acharnement dans cette quête, vous **gagnez un niveau supplémentaire**, félicitations !
Vous pouvez rajouter +1 à votre FDQ, case « Niveau ».
Ce changement de niveau vous octroie :

> ➤ **+9 pts de Force**
> ➤ **+4 pts d'Armure**
> ➤ **+48 pts de Vie**
> ➤ **+6 PO**

Vous vous enfoncez davantage dans les marécages nauséabonds mais vos chevaux s'embourbent sous leur poids. Plus vous avancez, plus il devient difficile de faire face à l'évidence : vous devez continuer à pied. Dans un espace plat où toute odeur de putréfaction semble disparaître et où l'herbe a meilleure allure, vous décidez d'harnacher vos destriers au seul arbre présent à des milles à la ronde.

Vous vous rapprochez peu à peu de Shâltara, **rendez-vous à la page 15**

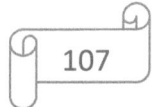

LA CITE DETRUITE

Les cadavres jonchent le sol par dizaines. Tout n'est que désolation dès lors que vous vous approchez de ce qui reste du symbolique village de Bäl-Geren. Vous ne pouvez imaginer ce qui a pu se passer ici pour contempler les ravages causés par le Nécromancien Thâar.

Vous avancez lentement, sûrement afin d'éviter de piétiner tantôt un paladin, tantôt un grand émissaire qui n'a eu guère le temps de s'échapper. Leur chair carbonisée ne vous laisse par indifférents, vous et vos amis parcourez les derniers mètres d'une traite.

La corde de vos chevaux fortement ligotée à la première barrière encore debout, vous arrivez devant un monticule encore fumant lorsque vous apercevez un homme. Enseveli sous plusieurs poutres noircies, vous tentez de vérifier s'il est encore en vie :

- Qu'est-il arrivé au village vieil homme ?
- Un… Un… Mal… S'est abattu… Ici… Exprime le villageois dans un dernier soupir, avant de s'éteindre.

Vous glissez vos doigts tremblotants sur ses yeux encore ouverts, puis les fermez afin de le laisser partir avec une dignité encore frêle. Vous vous retournez et essayez de trouver du réconfort dans le regard de vos amis, mais ce moment de solitude ne dure pas. À peine vous êtes-vous relevé qu'une flèche vient se planter dans le mur à votre droite. Vous tournez la tête dans tous les sens, vos amis font de même afin de comprendre d'où vient cet affront. Vous empoignez votre arme instantanément puis vos deux compagnons se rapprochent de vous. Des Névrigiens restés sur le pourtour du village ont entendu votre arrivée. L'un d'eux saute sur vous quand un autre fonce tout droit vers vos acolytes.

Un combat s'engage entre les deux groupes. Le sang fuse. Les éclats font vibrer les heaumes et autres boucliers. Leur nombre diminue mais vous souffrez des coups infligés par ces barbares sans honneur, vous perdez **17 points de vie** et **2 points de force** ! Ils ne sont plus qu'une petite poignée, leur sort étant déjà scellé, le peu qui reste choisit de fuir dont l'un, assurément leur chef, afin d'en informer le Comte Nerrum.

Vous savez dès lors qu'il n'est qu'une question de temps pour qu'une autre troupe, bien plus importante et armée, ne revienne. Le nécromant compte bien en finir avec vous et votre quête. Vous vous asseyez et reprenez des forces. Il est temps de vous remettre de cette escarmouche.

Vous décidez de continuer vers le centre de Bäl-Geren., **rendez-vous à la page 30**

VOTRE DESTIN

La chance est de votre côté. Vous êtes rétabli et la sentinelle s'empresse de vous présenter à la suzeraine. Après avoir arpenté la bâtisse, la guetteuse vous demande d'attendre sur le pas de la porte.

Une voix douce vous demande d'entrer, vous vous exécutez. Vous pouvez admirer la Reine Oretalha ornée d'atours impressionnants et arborant fièrement l'étendard du Royaume de Nord-Rivage. Ses gardes, lance à la main, se tienne prêt à vous mettre en pièce au moindre faux-pas, comme un air de déjà-vu.

Vous sommez la monarque de vous montrer son plan d'attaque contre le nécromant, vous lui expliquez que vous êtes venu seul afin de pouvoir vous entretenir avec elle, sans interférences. Celle-ci ajoute :

- Nous allons déployer notre flotte près de Shâltara, nous attaquerons par surprise. Bien sûr, vous pourrez embarquer avec nous. Qu'est-ce qui vous a fait changer d'avis ?
- Lorsque nous avons touché terre au Port de Valanam, répondez-vous, nous nous attendions à trouver l'aide nécessaire pour affronter le Mal qui règne dans le Quatrième Royaume. L'armée sombre du nécromant a entamé sa marche sur Galnor la cité d'armes. Ils ne s'arrêteront pas en si bon chemin. Il m'a été confié, avant de partir d'Auttum, que je devrais faire des choix lors de mon périple. Je fais ce choix, aujourd'hui, de vous accompagner pour que nous puissions affronter ensemble Thâar et son armée, affirmez-vous.
- Je comprends, nous connaissons les faiblesses du Nécromancien et de ses généraux. La peur sans nom qu'il a créé au sein de sa forteresse ne nous

empêchera pas d'y mettre un terme. Nous utiliserons toute la puissance magique nécessaire. Ma magie est notre atout, je détruirai Thâar, car si vous le faites vous courrez à votre perte ! Vous vous occuperez du Comte Nerrum tandis que vos l'Ancien Paladin éliminera le Chevalier Noir, finit-elle. Maintenant que vous connaissez mon plan, je vous demande de rejoindre ma flotte au pied de la Montagne Sacrée, rendez-vous avec vos amis à l'Amiral Doränha. Remettez-lui ceci.

La Reine Oretalha vous donne alors une minuscule amulette en forme de flocon. Cet objet n'est confié qu'aux individus aptes à rejoindre l'armée de Vreseryth.

Vous avez rejoint vos amis en leur faisant part du plan de la suzeraine, ils acquiescent et vous suivent jusqu'au pied de la montagne, où se trouve la flotte, **rendez-vous à la page 70**

LA DISCUSSION

Cette dernière nouvelle vous laisse perplexe. Vous vous demandez si vous devez suivre votre instinct et vous rendre à l'Ouest. Mais cette direction vous terrifie. L'on ne parle plus désormais de légendes ou de mythes, tout ce qui est dit au sujet de la Citadelle Noire de Shâltara est vrai. Même son côté sombre.

Artémion attend, vous contemple et dit :

- Nous devons tout d'abord alerter le Roi Bérum, c'est la première chose à faire, il reste des oiseaux de Darthon dans les parages, j'en ai vu.
- Bien, confirmez-vous, tu as raison. Faisons cela.
- Il nous faut ensuite savoir si nous partons vers la forteresse du nécromant ou si nous nous rendons à Foltaha, la cité du Mage Donnhum. Nous pourrons quérir de l'aide en ces lieux.
- Envoyons un oiseau de Darthon et partons pour Foltaha, confiez-vous. Nous aurons plus de chance.

Désemparé, vous vous rendez compte que votre ami a eu une excellente idée. Partir ainsi pour la Citadelle Noire n'est que pure folie. L'inconnu semble perdu, inquiet. Vous vous approchez de lui en présence de Carhâa, qu'il n'ose regarder :

- Qu'allez-vous faire paladin ? Demandez-vous.
- Je suis le seul fautif, à moins que vous n'ayez besoin de mon aide, je vais me retirer plus au Sud.
- Votre aide sera fort appréciable, je vous le concède. Nous ne vous avons même pas demandé votre nom.
- Je m'appelle Locklhan, je suis un Ancien Paladin au service de feu le Roi Gan-Trê.

- Mais ce roi n'est plus, avoue Carhâa en levant les yeux au ciel. En qui vouez-vous votre allégeance aujourd'hui ?
- Mon épée runique a été forgée par les artisans du Roi Gan-Trê, ce qui m'a été demandé de faire ne l'a été que pour ce roi. C'est un serment qui me lie à lui.
- Mais s'il n'est plus de ce monde, vous êtes libéré de ce serment, n'est-ce pas ? Insiste la jeune femme.
- Je ne suis pas chevalier ou guerrier, le serment d'un paladin est éternel, seul le roi actuel peut m'absoudre de ce serment. Mais aucun ne l'a fait. Je continue donc ma quête à travers Hissfon.
- Votre aide nous sera donc très utile si nous faisons partie de cette quête, continuez-vous en tendant votre main en direction de Locklhan.
- Qu'il en soit ainsi !

Chacun s'équipe alors qu'Artémion envoie l'un des oiseaux de Darthon qui nichent à proximité. Le message va rejoindre Galnor tandis que vous allez, aidés de l'Ancien Paladin, quérir l'aide nécessaire à votre avancée, à Foltaha.

Vous partez en direction du Sud, à Foltaha fief du Mage Donnhum, **rendez-vous à la page 33**

PLUS AU SUD

Vous regagnez les terres désolées proches de Shâltara. L'atmosphère est lourde, les odeurs nauséabondes des environs vous rappellent que vous ne tarderez pas à affronter le nécromant. Ici, vos chances de tomber nez à nez avec une patrouille Névrigienne est assez forte.

Vous longez la côte, le moyen le plus sûr de voir arriver de loin l'ennemi. Les tambours de guerre raisonnent au loin, l'avancée du Nécromancien Thâar s'amplifie.

À l'orée des Marécages de Zhalnor, vous hésitez entre continuer votre route sur les plages noircies qui regorgent de sables mouvants et autre bestioles dévoreuses de chair, et le passage des Trois Cols. Artémion n'aime pas les surprises et les eaux troubles des rivages souillés par la magie noire ne font qu'empirer son envie de les contourner. Vous décidez donc d'emprunter la route qui mène aux mystérieux Trois Cols.

Arrivés devant l'embranchement qui séparent le chemin en trois destinations, Locklhan vous incite à utiliser le Col de Drorhan, bien plus sûr. Vous suivez ses conseils et entamez la marche.

Au détour d'une cascade à l'eau limpide, vous faites face à un groupe de fantassins des Gorges de Duldarhan, les plus féroces !

Dans cette étape, vous devez utiliser les deux dés. Lancez-les à trois reprises. Chaque fois que vous faites un score **inférieur ou égal à 4**, vous combattez un fantassin des Gorges de Duldarhan. Si votre score est **supérieur à 5** pendant les trois tours, alors vous vainquez les fantassins et pouvez poursuivre.

Dans le cas d'un duel, utilisez la logique de combat suivante. Sinon, vous pouvez passer directement à la fin de ce chapitre.

CREATURE COMBATTUE : Fantassin des Gorges de Duldarhan
CARACTERISTIQUES : Niveau = **4** ; Force = **40pts** ; Armure = **55pts** ; Points de Vie = **103pts**

➢ Si votre niveau est **supérieur ou égal à** celui de la créature, continuez le combat, s'il **inférieur**, multipliez par **2** tous les points de vie de la créature, sinon, vous fuyez selon le dernier paragraphe ci-après*

➢ Si votre nombre de points d'armure est **supérieur ou égal à** celui de la créature, rajoutez **3** à tous vos lancers de dés, s'il est **inférieur**, déduisez **3** de tous vos lancers de dés.

➢ Si votre nombre de points de force est **supérieur ou égal** à celui de la créature, rajoutez **3** à tous vos lancers de dés, s'il est **inférieur**, déduisez **3** de tous vos lancers de dés.

➢ Lancez les deux dés, si le total est **supérieur ou égal à 4** (comptabilisez la somme des dés), vous infligez des dégâts et la créature perd le même nombre de points de vie indiqués par la somme. Si le total est **inférieur à 4** (comptabilisez la somme des dés), vous perdez le même nombre de points de vie, que vous déduisez de votre *FDQ*. Répétez le lancer jusqu'à ce que le total des Points de Vie de la créature ou de vous-même atteigne **0**.

➢ Si vous souhaitez utiliser une potion de vie, lancez les dés, si le total est **supérieur ou égal à 6**, vous gagnez les Points de Vie de la potion, sinon vous ne pouvez pas l'utiliser pendant les deux prochains tours. Vous relancez les dés normalement.

➢ *Si vous souhaitez fuir, vous devez lancer les dés, si le total est **supérieur ou égal à 6**, vous fuyez et perdez **40pts de vie** et **ne récoltez pas le butin**, allez

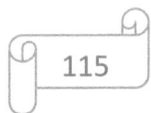

directement à la suite ! Si le total est **inférieur à 6**, vous restez face à la créature et perdez **20pts de vie** !

Si vous perdez ce combat, vous êtes mort, **rendez-vous à la page 1 et recommencez depuis le début**

Que vous ayez ou non de la chance, ce col de Drorhan vous a mis à rude épreuve. Vous devez tout de même partir de cet endroit lugubre, un autre groupe pourrait arriver d'une minute à l'autre.

Vous marchez le long de cette route creusée dans la montagne et vous enfoncez dans l'Ouest des Marécages de Zhalnor, **rendez-vous à la page 164**

L'Oracle Tenchlar

Vous arrivez face au domaine de l'Oracle Tenchlar, perchée sur une colline verdoyante, une immense demeure faite de murs blancs et de colonnes travaillées. C'est ici que vous espérez trouver les réponses à vos questions. Vous êtes intrigué par cette soudaine apparition de votre ami Artémion, son arrivée coïncide avec une incertitude visible de votre part, que Carhâa a tenté d'atténuer.

De grandes portes blanches, qui pourraient laisser passer une légion entière, vous font face. Timidement, vous vous avancez après avoir entrouvert l'une d'elles. Vous marchez et contemplez les lieux que vous aviez déjà vus plus jeune. Les mêmes colonnes nacrées qu'à l'extérieur soutiennent un plafond décoré soigneusement, des reliques çà et là viennent agrémenter un décor relativement austère.

Après avoir traversé bon nombre de pièces, une voix chuchote au loin « Viens, approche, jeune lancier ». Vous regardez autour de vous lorsque qu'apparaît de nulle part une forme, drapée de blanc. Instantanément, vous reconnaissez l'Oracle, cette devineresse connue à travers les Terres Mandrares, assise sur une chaise écaillée par le temps passé dans cet endroit froid et sans vie. Vous vous approchez d'elle alors qu'elle entame la conversation :

- Ton esprit est semblable à une tornade qui balaye tout sur son passage.
- Il est vrai que certaines questions restent en suspens alors que nous traversons des heures sombres.
- Et elles continueront à s'assombrir, l'appel des trois Guerriers d'Auttum n'est pas le fruit du hasard, confirme-t-elle.
- Nous sommes les défenseurs du Pacte des cinq, cela a toujours été notre rôle. Ce rôle va nous mener vers des

actes que nous ne contrôlons pas, je ne sais quel chemin emprunter.
- Ce texte est la clé, il vous faudra, à vous trois, le défendre quoi qu'il advienne, mais prends garde ! Affirme la vieille voyante, suis le chemin le plus court et ceci te mènera à ta perte et à celles de tes amis !

Face à cette révélation déconcertante, vous reculez d'un pas. Vos yeux sont rivés vers le sol mais vous comprenez tout à coup l'enjeu de ce Pacte et la raison pour laquelle le Mage Donnhum et le Roi Bérum ont fait appel à vous.

Il est maintenant indispensable de vous rendre à la forge du petit village pour acquérir le matériel nécessaire au départ. Vous quittez les lieux d'une traite et atterrissez à l'extérieur du domaine. Les dernières lueurs avant le crépuscule annoncent la fin d'une journée paisible. Au loin raisonnent déjà les tambours de guerre.

Vous souhaitez vous armer et prendre les affaires nécessaires à ce long voyage, vous allez en direction de la Forge des Deux Heaumes, **rendez-vous à la page 38**

LA FUITE

Vous voulez éviter un bain de sang et avez compris qu'il serait inutile de tenter de raisonner le Seigneur Kalranh. Vous décidez de quitter la cité de Bar-Hêdit en utilisant les grands moyens. Votre arme sur la gorge fragile d'Hamaya, vous reculez doucement jusqu'à atteindre un couloir parsemé de torches flamboyantes. Le dragon se retient sous les ordres du seigneur des lieux, voyant qu'à la moindre faute, sa fille pourra y laisser la vie. Il vous regarde et vocifère :

- Nous nous retrouvons, jeune lancier ! Si ce n'est pas nous, ce sera le Nécromancien et son armée ! La plus puissante et la plus imposante des armées que les Terres Mandrares n'aient jamais connues !

Dans un dernier cri, le dragon déglutit puis s'envole et rejoint la horde survolant les cieux. Vous dites à Carhâa et Artémion de continuer puis vous signifiez à Hamaya de partir d'ici au plus vite :

- Vous nous avez trahis… Vous savez ce que le nécromant projette de faire, votre cité et les volcans du Puy Méfron seront sa prochaine cible.
- C'est ce que nous verrons, vous confie-t-elle en se retournant.

Vous abandonnez cette cité maudite et rejoignez vos amis qui sont déjà à l'extérieur. Vous vous retrouvez dans l'un des gouffres aux abords de gigantesques volcans. Les cendres de la dernière éruption tombent un peu partout autour de vous. Ce raccourci vous a fait gagner un temps précieux. Il ne vous reste que deux soleils de marche pour rejoindre la Citadelle Noire de Shâltara. Vous évitez ainsi la plus grande partie des Marécages de Zhalnor.

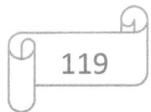

Vous arrivez devant la Citadelle Noire de Shâltara, **rendez-vous à la page 15**

L'ATTENTE

Déjà plusieurs heures que vous attendez dans cette pièce minuscule. Vous voyez des va-et-vient incessants devant la porte, la ville qui fourmille en contrebas. Mais personne n'est venu vous chercher. Locklhan, habitué des situations compliquées, vous dit :

- Il serait plus judicieux de partir de cette tour, voire de cette ville !
- Nous devons attendre, confirmez-vous.
- Je suis de son avis Kenthaë, avoue Carhâa. Nous attendons depuis bien trop longtemps. Je commence à me demander s'ils ne nous ont pas mis ici dans le but que nous partions de nous-mêmes. Personne ne viendra, mon ami, nous devons suivre le paladin.
- Bien, vous avez raison. Quittons ces lieux sans aucun intérêt !

Vous passez par la porte qui vous a menés ici lorsqu'un jeune enfant apparaît devant vous :

- Monsieur ?
- Oui, jeune homme, que puis-je faire pour toi ? Demandez-vous.
- Vous devez rester ici.
- Et pourquoi donc ? Nous attendons depuis un bon moment, maintenant.
- Si vous partez, il ne va pas être content, pas content du tout… ajoute le garçon dont la chevelure noire d'ébène cache la moitié de son visage.

Carhâa est sur le point de poser une question à l'enfant lorsque Locklhan dégaine son épée et la pointe vers lui :
- Que t'arrive-t-il ? Tu es fou ? Proteste Carhâa.

Vous vous retournez vers le garçon lorsque vous voyez dans yeux une lueur d'un rouge profond. Son visage se met à changer, il se durcit puis un sourire machiavélique s'empare du reste de sa figure. Locklhan s'approche lentement de lui quand, soudain, l'enfant se met à parler dans une langue dont vous ne comprenez aucun mot « Shôr ahra Shôr far togor ». Un tourbillon se met à tourner autour de lui, le temps s'assombrit peu à peu, le vent se mêle à vous alors que toutes les fenêtres sont fermées. Dans un élan, l'Ancien Paladin saute sur le démon qui a transformé le jeune garçon, puis il plante son épée runique dans sa gorge qui continue de psalmodier une incantation. La lame tranche la créature en deux parties, qui s'effondrent au sol. Ensuite, celles-ci disparaissent un nuage de fumée incandescente. Le temps revient alors à la normale, la lumière illumine les escaliers et le vent ne souffle plus. Vous questionnez Locklhan dès lors :
- Qu'était-ce ? Je croyais que nous parlions à un jeune garçon !
- C'était un sbire du nécromant ou du Comte Nerrum. Je suis habitué à cette ruse. Ils font parvenir un être innocent et le transforme en un démon qui détruit tout sur son passage. C'est une magie éphémère mais elle a permis de ravager des troupes entières…
- Vous voulez dire qu'il y en a d'autres ? S'empresse de demander Artémion.
- Bien sûr, peut être pas dans cette cité, espérons-le, mais plus nous approchons du Quatrième Royaume, plus nous en verrons.

Vous restez subjugués par cette ruse morbide. Il vous faut quitter Foltaha au plus vite. Si vous êtes victimes de l'un des sbires du Comte Nerrum, vous encourrez un grand danger. Cette forteresse n'est plus sûre. La magie présente dans son enceinte a été corrompue, ce qui peut être la raison pour laquelle le Mage Donnhum n'y revient plus. Par sécurité, vous décidez de partir. Carhâa semble perplexe :

- Si nous partons d'ici sans l'aide prévue, nous risquons d'être confrontés à davantage de ruses comme celle que nous venons de vivre.
- Tu as raison, m'amie, avouez-vous. C'est pour cela qu'il nous faut nous rendre à Shâltara dès aujourd'hui. Nous sommes seulement à deux soleils de marche de la Citadelle noire, voire moins. Nous y reprendrons la Relique de Faln-Lannar, but de notre quête.
- Nous te faisons confiance, Kenthaë.

Vous décidez ainsi de partir de la citadelle blanche et de pénétrer dans le Quatrième Royaume. La marche va être longue et rude. Vous n'avez plus de temps à perdre.

Vous quittez Foltaha en direction de la Citadelle Noire, **rendez-vous à la page 21**

LA MAGIE ENFOUIE

La seule façon de mettre un terme à la folie macabre du Nécromancien Thâar est de quitter Shâltara, accompagné du Mage Tannelu. Vous arpentez les multiples corridors qui vous mènent à l'une des sorties. Vous avez pris soin de vérifier la présence de goules ou autres abominations qui pourraient surgir inopinément.

Vous vous arrêtez net lorsque Locklhan, à l'avant, lève le bras, le poignet fermé. Un bruit de métal frottant le sol retentit. Un léger tremblement fait vibrer le sol. Les flammes des torches se mettent à danser dans le vent qui s'engouffre dans le couloir. Le grondement s'approche peu à peu. L'Ancien Paladin sort un parchemin qu'il tient dans sa main gauche et son marteau dans l'autre main. Celui-ci se met à scintiller à l'approche de la créature.

Chacun se tient fermement sur ses jambes, le Mage Tannelu est déposé délicatement sur le côté. Vous entendez ronfler fortement et une voix rauque mêlée de gargouillis répugnants marmonne des mots incompréhensibles. Un mastodonte difforme apparaît face au groupe. Locklhan lance une incantation qui ricoche sur le géant. Une chaine rouillée entre les doigts, il commence à la faire tournoyer au-dessus de sa tête et acène le premier coup. Le paladin manque de peu de se faire couper la tête en deux.

Un combat commence, utilisez votre FDQ et vos dés afin d'entamer la partie.

CREATURE COMBATTUE : Abomination morbide solitaire
CARACTERISTIQUES : Niveau = **3** ; Force = **32pts** ; Armure = **43pts** ; Points de Vie = **87pts**

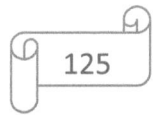

- Si votre niveau est **supérieur ou égal à** celui de la créature, continuez le combat, s'il **inférieur**, multipliez par **2** tous les points de vie de la créature, sinon, vous fuyez selon le dernier paragraphe ci-après*
- Si votre nombre de points d'armure est **supérieur ou égal à** celui de la créature, rajoutez **3** à tous vos lancers de dés, s'il est **inférieur**, déduisez **3** de tous vos lancers de dés.
- Si votre nombre de points de force est **supérieur ou égal à** celui de la créature, rajoutez **3** à tous vos lancers de dés, s'il est **inférieur**, déduisez **3** de tous vos lancers de dés.
- Lancez les deux dés, si le total est **supérieur ou égal à 7** (comptabilisez la somme des dés), vous infligez des dégâts et la créature perd le même nombre de points de vie indiqués par la somme. Si le total est **inférieur à 7** (comptabilisez la somme des dés), vous perdez le même nombre de points de vie, que vous déduisez de votre *FDQ*. Répétez le lancer jusqu'à ce que le total des Points de Vie de la créature ou de vous-même atteigne **0**.
- Si vous souhaitez utiliser une potion de vie, lancez les dés, si le total est **supérieur ou égal à 6**, vous gagnez les Points de Vie de la potion, sinon vous ne pouvez pas l'utiliser pendant les deux prochains tours. Vous relancez les dés normalement.
- *Si vous souhaitez fuir, vous devez lancer les dés, si le total est **supérieur ou égal à 6**, vous fuyez et perdez **40pts de vie** et **ne récoltez pas le butin**, allez directement à la **page 47** ! Si le total est **inférieur à 6**, vous restez face à la créature et perdez **20pts de vie** !

Si vous sortez vainqueur de ce combat, vous récupérez sur l'abomination : **1 POTION DE VIE MAJEURE, rendez-vous à la page 47**

Si vous perdez ce combat, vous êtes mort, **rendez-vous à la page 1 et recommencez depuis le début**

À VOTRE PLACE

Le sol tremble encore. Des morceaux de plafond tombent çà et là. Vous protégez le Mage Tannelu de possibles blessures. Vous vous demandez si vous n'auriez pas mieux fait de partir avant que tout ne s'écroule mais vous risquez de faire face à des ennemis puissants voire le Comte Nerrum lui-même !

Vous n'avez plus longtemps à attendre. Vous savez que l'aide venue du Nord ne tardera pas. Vous devez élaborer une stratégie pour avancer dans la forteresse et vous approcher plus près du Nécromancien.

Artémion vous suggère d'y aller directement, l'aide arrivera à temps ! Locklhan, quant à lui, vous demande d'utiliser la Relique de Faln-Lannar dès maintenant pour vous emparer du Sceptre des Cinq Morts des mains du nécromant.

Vous n'en ferez rien car c'est Carhâa, la voix de la sagesse, qui détient la solution : vous avancez discrètement jusqu'à la pièce la plus proche, ce qui vous rapprochera de Thâar sans pour autant éveiller les soupçons. Les gardes tournent sans arrêt. Le vent souffle. Il est temps d'y aller.

———◆———

Vous vous dirigez vers le corridor le plus proche, **rendez-vous à la page 186**

La Relique

Ce combat était rude, vous avez perdu en vitalité mais votre force est toujours présente. Vous voyez le garde, au sol, en train de gindre. Il vous supplie de mettre un terme à ses souffrances mais vous optez pour une autre méthode :

- Dis-nous où se trouve la Relique ! Parle !
- No… Non…
- Tu resteras là à te vider de ton sang et nous partirons en te laissant pour mort !
- Laisse-le Kenthaë, vous somme Carhâa dans un élan de pitié.
- Sûrement pas ! Il sait où se trouve la Relique, c'est ce groupe qui a attaqué Locklhan. Parle ! Dites-vous au garde qui est sur le point de mourir.
- Vous… Allez… Echouer…
- Certainement pas !

Vous vous approchez de lui et commencez à planter votre doigt dans l'une des plaies béantes. La créature se met à hurler de douleur.

- A… Attendez… Vous supplie-t-elle. La… Relique…
- Où se trouve-t-elle ?
- Le Mage… Noir… C'est lui… Qui l'a maintenant.
- Le Mage Noir ? Quel Mage Noir ?

La créature rend son dernier souffle avant d'avoir pu vous en dire plus sur ce nouveau personnage. Vous regardez vos amis, également blessés par cette attaque :

- Qui est ce Mage Noir ?
- Je n'en ai aucune idée. Encore un fléau créé par le nécromant, vous répond Carhâa.

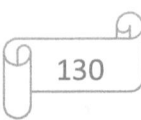

- C'est de la folie ! Combien sont-ils à vouloir répandre la mort sur nos terres ?
- Nous savons à présent que c'est le Mage Noir qui a la Relique. Nous devons nous empresser de rejoindre Shâltara, confie la jeune femme. Je vais envoyer un oiseau de Darthon pour prévenir le Roi Bérum. J'espère qu'il enverra une troupe pour nous venir en aide une fois postés devant la Citadelle Noire.

Vous contemplez les cadavres de cette troupe Névrigienne. Vous espérez ne pas tomber à nouveau sur un cortège qui pourrait vous coûter la vie. Vous et vos amis montez vos destriers. Vous devez vous rendre davantage à l'Ouest.

Vous galopez à vive allure en direction de l'Ouest, à la frontière du Quatrième Royaume, fief du Nécromancien Thâar, **rendez-vous à la page 177**

UN COFFRE

Vous fouillez toutes vos poches et votre besace lorsque votre main touche un objet métallique. Vous l'empoignez et voyez en la sortant, une clé. Une clé argentée vierge d'un côté et sur l'autre il est écrit : « 84-23-16 ». Ce qui correspond à ce qui est inscrit sur le coffre. Vous hésitez un instant avant de tenter de l'ouvrir, serait-ce un piège ? Pourquoi cette clé trouvée au Sud des Terres Mandrares pourrait ouvrir un coffre de cette taille à l'opposé, au Nord ?

Malgré tout, vous osez l'insérer, vous la tournez, entendez un cliquetis suivi de plusieurs autres jusqu'à ce que le haut du coffre se soulève en un instant.

Vos yeux s'émerveillent à la vue de ce trésor ! Vous vous demandez si vous devez courir rejoindre vos amis pour leur en parler ou si vous devez garder cette découverte tel un secret. Votre choix se porte sur la deuxième option. Vous soulevez bon gré mal gré cette caisse et la déposez sur la table à côté de vous. Vous y plongez vos mains pour en sortir son contenu.

Vous devez savoir que vous ne pourrez conserver qu'une seule arme, qu'un bouclier, qu'une seule potion mais que toutes les pièces d'or vous reviennent. Attention, si vous disposez déjà du nombre d'armes ou potions maximum, soit vous en jetez une soit vous passez votre chemin

➢ 1 dague de Lasturana (+11 pts de Force)

➢ 1 hache à deux mains Tordue de Moprem (+14 pts de Force)

➤ 1 épée à une main de Grandescie (+25 pts de Force)

➤ 1 bouclier du Blizzard Profond (+26 pts d'Armure)

➤ 1 bouclier de Tranchépine (+26 pts de Force)

➤ 1 sacoche remplie de 19PO, vous pouvez tout prendre

Vous continuez la traversée, **rendez-vous à la page 191**

LES SOINS

Une potion de soin particulièrement efficace vous a été donnée. Les recettes médicinales du Royaume de Nord-Rivage sont réputées pour être les meilleures mais octroient des effets indésirables.

La sentinelle se trouve près de vous lorsque vous ouvrez les yeux. Vous savez que le temps vous est compté :

- Combien de temps ai-je dormi ? Votre potion de soin était puissante !
- Une heure, peut-être deux… Vous répond-elle.
- J'ai perdu trop de temps ! Je suis venu jusqu'à la Montagne Sacrée parce que je sais que votre Reine s'y trouve. Elle a prévu un plan pour détruire le Nécromancien et nous devons nous joindre à vous.
- C'est à elle d'en décider. Pour y parvenir, seule la chance sera votre alliée. Sans une once de chance, vous ne pourrez vous entretenir avec notre suzeraine !

Vous restez estomaqué par cette annonce. Vous risquez d'avoir fait tout ce chemin sans même pouvoir participer au plan de la monarque.

Vous êtes face à votre destin. Lancez les deux dés, si le résultat est **supérieur ou égal à 6**, la sentinelle vous guidera jusqu'à la Reine Oretalha. **Rendez-vous à la page 110**
Si vous score est **inférieur à 5**, vous n'avez nul autre choix que de quitter la bâtisse et ainsi rejoindre vos amis qui vous attendent à l'auberge. **Rendez-vous à la page 66**

Votre destin est-il joué ?

LA PORTE NOIRE

Locklhan s'assure qu'aucun piège n'a été tendu sur cette porte. Tout a l'air normal, vous posez votre paume sur la poignée noire. La forme vous rappelle les dragons noirs de Bar-Hêdit. Un léger chuintement vous fait serrer les dents, vous poussez tout de même la porte et tendez votre arme pour ne pas être surpris.

Vous entrez et voyez une pièce totalement vide, sauf en son centre. Un promontoire de briques sur lequel est posée une coupelle scintillante. Vous vous avancez lentement et apercevez quelque chose sur la coupelle, vous tentez de voir ce qui s'y trouve lorsque vous entendez respirer fortement. Puis, un gémissement vous fait vous retourner instantanément.

Là, dans un des coins se trouve un homme. Enchaîné de part et d'autre de son corps, une chemise rongée par les mites, nu pied, et dont l'odeur laisse penser qu'il est enfermé depuis bien longtemps. Carhâa, escorté d'Artémion, s'approche doucement :

- Monsieur ? Qui êtes-vous ?
- Je… Je suis…
- Par la bannière de Fahl ! S'insurge Artémion. Il s'agit du Mage Tannelu !
- Il faut vite le libérer, s'exclame Carhâa dans un élan soudain.
- Attendez ! S'écrie Locklhan. Si vous touchez ses chaînes nous allons tous mourir !
- Mais que dites-vous ?
- C'est un piège, m'amie, si nous tentons de le libérer, un sort très puissant s'abattra sur nous, je puis vous l'assurer.

Vous essayez de lutter mais une force sans précédent vous attire vers le centre de cette pièce sombre. Alors que tous

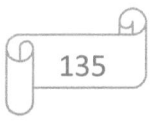

s'efforcent de libérer l'homme dévêtu croupissant au sol, l'objet que vous regardiez n'est autre que la légendaire Relique de Faln-Lannar. Vous vous approchez et vous dites à demi-mot « C'est elle, elle que j'ai tant convoitée, il me la faut ». Vous tendez votre bras et avant même d'avoir posé votre main sur la relique, Locklhan vous aperçoit et crie « Non ! Kenthaë ! Ne faites pas ça ! ». Mais il est trop tard, la précieuse amulette est entre vos doigts.

Un bruit sourd suivi de tremblements vous font perdre l'équilibre. De la poussière se dégage du plafond. Vous redoutez le pire après avoir repris vos esprits. Vous n'avez plus de temps, il vous faut choisir entre libérer le Mage Tannelu de ses chaînes mais vous devez laisser la Relique à sa place, ou la garder et quitter la pièce sans aider celui qui est à l'origine du Pacte des Cinq. Que faites-vous ?

Vous laissez la Relique de Faln-Lannar et sauvez le Mage Tannelu, **rendez-vous à la page 37**

Vous gardez la Relique de Faln-Lannar sans aider le Mage Tannelu, **rendez-vous à la page 99**

SFON

OCÉ

ILES du Furg

Port Oueb-Welreth

CERCLE

Îles Rouge

Port Kesteralïn

Royaume de Vahmáadh

LAC D'HIVER

DALTANDAR

Car-Malh

de Vahl Sharan

ESDERSHARA

Île des Munrïd

Royaume

de

TERRES

DES

CONFINS

Royaume

Shô-Han

Galvería

Rhar-Han

Lokh

Palvaralï

port des exilés

Île Solïtaïre

Morholk

Île Maudïte

MER

DES

CONFINS

PORT D'EFLO

Vous avez chevauché sur votre monture ornée de quelques atours, offerte par la citadelle de Moprem, en remerciement de votre dévotion. Vous arrivez ainsi au Port d'Eflo. Ce petit port de pêche, autrefois serein et prospère, n'est aujourd'hui plus qu'un amas de cendres. Vous et vos amis êtes stupéfiés par la violence de cet acte. Les troupes Névrigiennes qui ont dévasté cette partie du Sud sont déjà en route pour un nouveau village.

Vous voyez, parmi les décombres, quelque chose qui bouge lentement. Vous vous approchez et tentez d'y voir plus clair. Après quelques pas, vous apercevez un homme à moitié enseveli sous les gravats :

- Aid… Aidez… Aidez…

À peine a-t-il murmuré ce mot, que son dernier souffle le condamne. Son regard porté vers le ciel, une goutte de sang coulant de sa bouche, vous n'avez rien pu faire pour le sortir de ce tas de pierres.

Vous contemplez l'homme et les alentours quand soudainement, une flèche vient se planter à proximité de vos pieds. Vous cherchez d'où elle peut provenir et sortez votre arme. En un hurlement qui vous pétrifie, un Névrigien sorti de nulle part saute dans votre direction, tandis que d'autres s'emparent de vos amis.

Un combat commence, utilisez votre FDQ et vos dés afin d'entamer la partie.

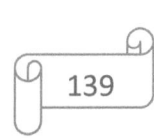

CREATURE COMBATTUE : Soldat de l'armée sombre
CARACTERISTIQUES : Niveau = **1** ; Force = **20pts** ; Armure
= **15pts** ; Points de Vie = **40pts**

➤ Si votre niveau est **supérieur ou égal à** celui de la créature, continuez le combat, s'il **inférieur**, multipliez par **2** tous les points de vie de la créature, sinon, vous fuyez selon le dernier paragraphe ci-après*

➤ Si votre nombre de points d'armure est **supérieur ou égal à** celui de la créature, rajoutez **3** à tous vos lancers de dés, s'il est **inférieur**, déduisez **3** de tous vos lancers de dés.

➤ Si votre nombre de points de force est **supérieur ou égal** à celui de la créature, rajoutez **3** à tous vos lancers de dés, s'il est **inférieur**, déduisez **3** de tous vos lancers de dés.

➤ Lancez les deux dés, si le total est **supérieur ou égal à 6** (comptabilisez la somme des dés), vous infligez des dégâts et la créature perd le même nombre de points de vie indiqués par la somme. Si le total est **inférieur à 6** (comptabilisez la somme des dés), vous perdez le même nombre de points de vie, que vous déduisez de votre *FDQ*. Répétez le lancer jusqu'à ce que le total des Points de Vie de la créature ou de vous-même atteigne **0**.

➤ Si vous souhaitez utiliser une potion de vie, lancez les dés, si le total est **supérieur ou égal à 6**, vous gagnez les Points de Vie de la potion, sinon vous ne pouvez pas l'utiliser pendant les deux prochains tours. Vous devez ainsi passer votre tour quel que soit le résultat des dés.

➤ *Si vous souhaitez fuir, vous devez lancer les dés, si le total est **supérieur ou égal à 6**, vous fuyez et perdez **40pts de vie** et **ne récoltez pas le butin**, allez

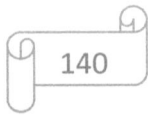

directement à la **page 193** ! Si le total est **inférieur à 6**, vous restez face à la créature et perdez **20pts de vie** !

Si vous sortez vainqueur du combat, le soldat laisse tomber une petite besace contenant **8PO + 1** CLE ARGENTEE COMPORTANT L'INSCRIPTION « *84-23-16* », **rendez-vous à la page 193**

Si vous perdez ce combat, vous êtes mort, **rendez-vous à la page 1 et recommencez depuis le début**

EN LIEU SUR

Vous quittez le corridor qui vous semble peu sûr. Tout le monde vous suit, le Mage Tannelu tente de s'accrocher à l'épaule d'Artémion. Vous parcourez quelques couloirs puis quelques pièces vides mais celles-ci sont trop à la vue de la première goule errante.

Vous trouvez un endroit dont la porte du fond est verrouillée par un cadenas. Aucune créature ne devrait surgir ! Carhâa en profite pour soigner le magicien et lui demande comment il a été fait prisonnier :

- Je me trouvais dans ma tour, je lisais quelques parchemins quand j'ai su que le nécromant était revenu à la vie, explique le Mage Tannelu. J'ai dû quitter ma citadelle lorsque j'ai compris que je devais me rendre à Foltaha, afin de prévenir le Mage Donnhum. C'est alors qu'une troupe m'a surpris et m'a ligoté, poursuit-il. Je n'ai pas eu le temps d'utiliser mes sortilèges, leur force est impressionnante.

Vous écoutez attentivement les explications lorsqu'un bruit suspect provenant du couloir vous alerte. Vous vous retournez et voyez une ombre se diriger vers la pièce où vous vous situez. En peu de temps, un Troll de Nankage fait irruption et se met à courir vers vous.

Un combat commence, utilisez votre FDQ et vos dés afin d'entamer la partie.

CREATURE COMBATTUE : Troll de Nankage supérieur
CARACTERISTIQUES : Niveau = **3** ; Force = **50pts** ; Armure = **45pts** ; Points de Vie = **115pts**

➢ Si votre niveau est **supérieur ou égal à** celui de la créature, continuez le combat, s'il **inférieur**, multipliez par **2** tous les points de vie de la créature, sinon, vous fuyez selon le dernier paragraphe ci-après*

➢ Si votre nombre de points d'armure est **supérieur ou égal à** celui de la créature, rajoutez **3** à tous vos lancers de dés, s'il est **inférieur**, déduisez **3** de tous vos lancers de dés.

➢ Si votre nombre de points de force est **supérieur ou égal** à celui de la créature, rajoutez **3** à tous vos lancers de dés, s'il est **inférieur**, déduisez **3** de tous vos lancers de dés.

➢ Lancez les deux dés, si le total est **supérieur ou égal à 6** (comptabilisez la somme des dés), vous infligez des dégâts et la créature perd le même nombre de points de vie indiqués par la somme. Si le total est **inférieur à 6** (comptabilisez la somme des dés), vous perdez le même nombre de points de vie, que vous déduisez de votre *FDQ*. Répétez le lancer jusqu'à ce que le total des Points de Vie de la créature ou de vous-même atteigne **0**.

➢ Si vous souhaitez utiliser une potion de vie, lancez les dés, si le total est **supérieur ou égal à 6**, vous gagnez les Points de Vie de la potion, sinon vous ne pouvez pas l'utiliser pendant les deux prochains tours. Vous relancez les dés normalement.

➢ *Si vous souhaitez fuir, vous devez lancer les dés, si le total est **supérieur ou égal à 6**, vous fuyez et perdez **40pts de vie** et **ne récoltez pas le butin**, allez directement à la **page 102** ! Si le total est **inférieur à**

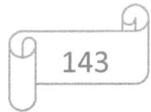

6, vous restez face à la créature et perdez **20pts de vie** !

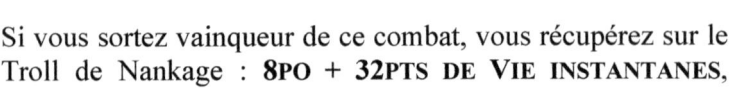

Si vous sortez vainqueur de ce combat, vous récupérez sur le Troll de Nankage : **8PO + 32PTS DE VIE INSTANTANES**, **rendez-vous à la page 102**

Si vous perdez ce combat, vous êtes mort, **rendez-vous à la page 1 et recommencez depuis le début**

La route pour Bäl-Geren

Vous préférez ne pas vous mesurer à un sorcier. Votre groupe a quelques pouvoirs et quelques armes en poche, mais la magie, si elle est bien manipulée, peut vous conduire à la mort. Votre mission est de retrouver la relique, vous en prendre à un sorcier qui passe sur votre route n'est pas la meilleure décision.

La route est longue jusqu'à la cité détruite de Bäl-Geren, les sentiers deviennent de plus en plus difficiles. Votre groupe galope en longeant la grande Forêt de Shân-Fhel, les derniers chênes et autres hêtres laissent place à de grandes plaines sauvages. Quelques animaux se terrent lors de votre passage, la poussière virevolte sous les sabots de vos destriers. Plus que quelques milles et vous atteindrez votre destination sans encombre.

Vous réfléchissez à tout ce qui a été dit avant votre départ, vos pensées sont ailleurs lorsque tout à coup, vos compagnons vous font de grands signes en vous montrant l'une des collines face à vous. Dès lors, vous apercevez un Névrigien, seul, loin des cohortes. Seul mais lourdement armé. Le bruit du galop a capté son attention. Il se met alors à courir ; certains Névrigiens de la nouvelle armée sombre sont connus pour être endurants et d'une redoutable performance lorsqu'il s'agit de fondre sur une proie. En l'occurrence, la proie est votre groupe. Vous le voyez faire tournoyer une sorte de fronde au-dessus de sa tête, il vous a pris en joue. Vous tournez la tête afin d'esquiver au mieux son coup lorsque vous sentez une douleur dans la nuque, vous basculez au point de tomber de votre cheval. La douleur est intenable, vous perdez **10pts de vie** !

Vos amis vous voient à terre mais ceux-ci se font également courser par deux autres Névrigiens qui ont surgi des fourrés non loin de là. Vous vous asseyez au sol pour reprendre

vos esprits lorsque la première créature se trouve face à vous, une énorme hache finement aiguisée entre les deux mains.

Vous n'avez pas d'autre issue que de vous confronter à cette sentinelle.

Un combat commence, utilisez votre FDQ et vos dés afin d'entamer la partie.

CREATURE COMBATTUE : Soldat de l'armée sombre
CARACTERISTIQUES : Niveau = **1** ; Force = **20pts** ; Armure = **15pts** ; Points de Vie = **40pts**

➢ Si votre niveau est **supérieur ou égal à** celui de la créature, continuez le combat, s'il **inférieur**, multipliez par **2** tous les points de vie de la créature, sinon, vous fuyez selon le dernier paragraphe ci-après*

➢ Si votre nombre de points d'armure est **supérieur ou égal à** celui de la créature, rajoutez **3** à tous vos lancers de dés, s'il est **inférieur**, déduisez **3** de tous vos lancers de dés.

➢ Si votre nombre de points de force est **supérieur ou égal** à celui de la créature, rajoutez **3** à tous vos lancers de dés, s'il est **inférieur**, déduisez **3** de tous vos lancers de dés.

➢ Lancez les deux dés, si le total est **supérieur ou égal à 3** (comptabilisez la somme des dés), vous infligez des dégâts et la créature perd le même nombre de points de vie indiqués par la somme. Si le total est **inférieur à 3** (comptabilisez la somme des dés), vous perdez le même nombre de points de vie, que vous déduisez de votre *FDQ*. Répétez le lancer jusqu'à ce que le total des Points de Vie de la créature ou de vous-même atteigne **0**.

➤ Si vous souhaitez utiliser une potion de vie, lancez les dés, si le total est **supérieur ou égal à 6**, vous gagnez les Points de Vie de la potion, sinon vous ne pouvez pas l'utiliser pendant les deux prochains tours. Vous devez ainsi passer votre tour quel que soit le résultat des dés.

➤ *Si vous souhaitez fuir, vous devez lancer les dés, si le total est **supérieur ou égal à 6**, vous fuyez et perdez **40pts de vie** et **ne récoltez pas le butin**, allez directement à la **page 108** ! Si le total est **inférieur à 6**, vous restez face à la créature et perdez **20pts de vie** !

Si vous sortez vainqueur du combat, le soldat laisse tomber un sac noir contenant **3PO + 1 POTION DE VIE BASIQUE**, **rendez-vous à la page 108**

Si vous perdez ce combat, vous êtes mort, **rendez-vous à la page 1 et recommencez depuis le début**

HAMAYA

Vous suivez la fille du Seigneur Kalranh jusqu'à un porche fleuri. De grandes voutes surplombent des statues en forme de dragon. Elle vous demande de ne rien toucher tout en continuant votre marche.

Un corridor sombre vous mène à un épais mur de briques. Hamaya tourne une torche éteinte lorsque le mur se met à trembler. Vous voyez alors un passage, assurément secret, vers une immense pièce. Hamaya vous somme de la suivre et d'attendre au milieu de la salle. De gigantesques fanions montés sur des étendards se balançant au gré du vent sont déployés à travers toute la pièce. De belles colonnes de marbre rouge reflètent les lueurs de quelques braseros çà et là. Vous tournez sur vous-même et à mi-parcours vous pouvez contempler un trône. Sobre et élancé, revêtu d'écailles de dragons fossilisées, vous n'oseriez le toucher de peur de vous érafler.

Cela fait déjà un moment que vous attendez, Carhâa vous regarde inquiète, tandis qu'Artémion s'empresse de mettre la main sur sa hache. Vous entendez tout à coup un bruit strident. Un cri venant de nulle part. Puis un deuxième suivi de coups de tonnerre, comme des pas faits par un géant. Vous le voyez tournoyer au-dessus de votre tête, un dragon noir de Bar-Hêdit. Sûrement un adulte vu sa taille. Après avoir tourné quatre ou cinq fois, il se met à foncer dans votre direction, puis se pose à quelques mètres. Hamaya arrive alors par l'une des portes à proximité. Vous hurlez « Attention ! Sur votre gauche ! ». Sans aucune peur, la jeune femme marche vers vous, un pas après l'autre. Le dragon la fixe de ses yeux luisants et fait pivoter son énorme tête au fur et à mesure qu'elle avance vers vous. Vous chuchotez :

- Par la bannière de Fahl, pourquoi ne réagit-elle pas ? Et pourquoi le dragon reste-t-il planté là ?

- Tout simplement parce que nous les élevons depuis leur naissance, confie Hamaya qui a entendu vos paroles.
- Vous les élevez ?
- Bien sûr, vous, vous avez des chevaux et des lances, nous, nous avons des dragons ! Confirme-t-elle.
- Nos chevaux ne peuvent pas engloutir un homme ! D'ailleurs, pourquoi sommes-nous ici ? Entourés de dragons, je peux en voir d'autres qui tournoient.
- Ce sont nos défenseurs, normal qu'ils agissent ainsi. Vous êtes ici parce que vous voulez faire quelque chose que mon père vous défend de faire ! Fustige la jeune femme.
- C'est justement la raison pour laquelle nous vous avons demandé de nous aider. Convaincre votre père de récupérer son sceptre pour anéantir le Comte Nerrum et, espérons-le, le nécromant.
- Vous n'en ferez rien… Razzä ! Hurle Hamaya en direction du dragon noir. Je crois que nos invités n'ont pas l'intention de renoncer à leur quête…

Le dragon s'avance lentement vers vous, la gueule grande ouverte. La fille du seigneur des lieux vous regarde et vous montre du doigt :
- Nous allons faire comprendre à nos chers Mandrariens que le Nécromancien Thâar arrivera à ses fins quoiqu'il se passe ici !
- Non ! Crie Carhâa.

Vous brandissez tous les trois votre arme, le dragon noir recule alors qu'une lumière orange illumine le fond de sa gorge. Il s'apprête à cracher une flamme mortelle quand vous entendez au loin :

- Il suffit ! Hamaya, que se passe-t-il ici ?
- Père, ce sont des guerriers d'Auttum. Je les ai rencontrés à l'orée des Marécages de Zhalnor. Ils projettent de vous subtiliser votre sceptre pour anéantir notre Maître !
- Vous osez, infâme vermine, pénétrer dans ma cité pour me prendre mon arme ! Hurle le Seigneur Kalranh, celle-ci sera votre perte !

L'homme est vêtu d'une grande robe de couleur violette, sombre, sans le moindre atour. Une couronne faite de lave refroidie dans les forges de la citadelle entoure sa tête dont les cheveux grisonnants s'entremêlent. Il marche dans votre direction tout en déblatérant des inepties sur la conquête du nécromant. Ces sornettes distraient Hamaya, qui boit les paroles de son père. Vous saisissez l'occasion pour vous jeter sur elle tout en glissant votre arme sur sa gorge. Vous la tenez fermement. Le Seigneur Kalranh s'interrompt immédiatement et vous regarde maîtriser sa fille. Carhâa et Artémion viennent à vos côtés, pour parer la moindre attaque de l'un des dragons.

Vous vous retrouvez dans une situation complexe. Vous souhaitez faire entendre son père qu'il doit vous laisser le sceptre mais vous faites face à un dragon sur le point de cracher son feu sur votre groupe, quitte à tuer la jeune femme.

Vous décidez de raisonner le Seigneur Kalranh, **rendez-vous à la page 180**

Vous en profitez pour fuir tout en utilisant Hamaya comme otage, **rendez-vous à la page 119**

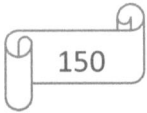

L'ACTION

Cela fait déjà trop longtemps que vous attendez. Sans le moindre retour du haut dignitaire. Locklhan vous raconte la dernière fois qu'il lui a été demandé de rester à un endroit. Il a pu s'en sortir grâce à sa magie, mais ici, tout semble différent. Le paladin n'a aucune emprise sur ce qui l'entoure, son arme runique n'a plus le moindre effet. Vous devez donc partir par vous-même.

Vous déballez les escaliers à vive allure. Vous croisez du personnel qui vous dévisage, leurs yeux vous paraissent étranges. Plus vous descendez, plus ils sont nimbés d'un rouge tout d'abord léger puis d'un vif exceptionnel. Quelque chose se trame dans cette bâtisse, quelque chose d'anormal. Avant d'atteindre la grande porte d'entrée, des lueurs ressemblant à des bras et des mains s'approchent de vous et de vos amis. L'un d'eux touche l'épaule d'Artémion qui hurle en brandissant son épée. Vous courrez tous les quatre et dès lors que vous êtes sur le pas de la porte, le soleil vous éblouit mais plus rien ne vous suit. Tout semble avoir disparu en un éclair. Vous vous retournez et voyez que la porte est close, sans même l'avoir refermée. Vous posez la question :

- Que s'est-il passé ?
- Je ne comprends pas, répond Carhâa, je pourrais jurer avoir vu des « fantômes », j'ai même senti leurs mains sur mon visage…
- Je les ai vus aussi, sûrement de la mauvaise magie ! Ces lieux sont corrompus, nous devons partir au plus vite.
- Attendez ! S'exclame le paladin. Il y a des échoppes près d'ici, nous devrions aller faire un tour, de meilleures armes pourraient vous être utiles dans votre périple.

- Bien, allons-y, affirme Artémion dans un empressement presque évident.

Vous marchez le long des étals remplis de divers objets, comme de la nourriture, des armes ou encore des épices récoltées à travers les contrées voisines. Vous tournez et entendez les marchands crier à tour de rôle « Venez mon bon monsieur, mes produits sont frais ».

Un étal vous attire, les armes présentes sur les rondins de bois semblent de bonne facture. Des épées ou encore des boucliers de qualité rare voire exceptionnelle brillent de mille éclats. Tout comme leur prix, mais il serait intéressant d'y jeter un œil.

Que choisissez-vous ? Si vous décidez de ne rien acheter, rendez-vous à la page indiquée ci-après :

➢ 1 bouclier des Trois Vents (+15 pts d'Armure), cette arme **vous coûte 10PO**

$$\boxed{\text{OU}}$$

➢ 1 épée à deux mains des Marécages de l'Ouest (+20 pts de Force), cette arme **vous coûte 15PO**

$$\boxed{\text{OU}}$$

➢ 1 lance de l'Intrépide (+12 pts de Force), cette arme **vous coûte 19PO**

Tout cela vous a rendu plus fort, vous sentez en vous une puissance grandir, la cité blanche a des vertus bénéfiques sur votre groupe. La présence de l'Ancien Paladin Locklhan aurait-elle un rapport avec votre gain d'expérience ? Vous **gagnez un niveau supplémentaire**, félicitations !

Vous pouvez rajouter +1 à votre FDQ, case « Niveau ».

Ce changement de niveau vous octroie :

- ➤ **+8 pts de Force**
- ➤ **+5 pts d'Armure**
- ➤ **+59 pts de Vie**
- ➤ **+12 PO**

Vous quittez la cité blanche avec une nouvelle arme, **rendez-vous à la page 16**

Vous quittez la cité blanche bredouille, **rendez-vous à la page 41**

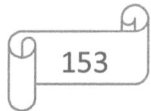

LA REINE

La neige tombe en abondance. Quelques flocons s'éparpillent près de la grande porte. L'un des battants étant ouvert, vous vous y engouffrez et tâtonnez dans cette masse blanche. Le bruit de vos pas s'enfonçant dans la neige vous procure une douce sensation, un plaisir innommable. Vos amis vous suivent jusqu'à arriver près d'une colline. La sentinelle vous montre la voie en pointant son doigt de l'autre côté. Vous gravissez les quelques mètres qui vous séparent du sommet et apercevez ce qui s'y trouve : une armada complète de bateaux et autre personnel qui s'affaire.

Un charivari impressionnant vous laisse ébahis face à tant de puissance. Des navires à perte de vue, des jets de lumières tandis que les sorciers s'exercent sur les pontons, et les paladins qui étudient leurs parchemins de bataille.

Vous vous retournez lorsque vous entendez un bruit sourd, un traineau s'avance jusqu'à vous atteindre. La Reine Oretalha descend, agite sa chevelure rousse et vous dit tout en jetant son regard vers la cohue :

-   N'est-ce pas impressionnant ? Notre flotte est la plus puissante de tous les royaumes.
-   Je n'en doute pas un instant, ma Reine, répondez-vous. Espérons qu'elle sera suffisante pour anéantir le nécromant.

La suzeraine vous regarde, étonnée et vous répond :
-   Notre puissance militaire va non seulement anéantir le nécromant et ses sbires mais aussi rétablir l'ordre dans les contrées Mandrariennes !

Vous n'osez la contredire. Elle pourrait vous mettre à terre en moins de temps qu'il n'en faut pour le dire, son intransigeance est réputée à travers les Terres Mandrares. La

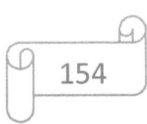

Reine Oretalha, après ce bref échange, remonte sur son traineau et se dirige vers le plus gros des navires au mouillage. Diverses cargaisons sont acheminées vers l'intérieur du bateau, de quoi tenir plusieurs semaines.

La sentinelle, à son tour, vous somme de la suivre en direction du ponton. Arrivés sur place, vous montez à bord ce bâtiment surdimensionné. Des motifs dorés ornent les mats et les portes d'accès aux cabines. Les voiles sont brodées de l'emblème de Nord-Rivage : une montagne surmontant un navire composé de flocons de neige, le tout sur un fond de deux lames croisées.

Chacun se disperse afin de trouver son couchage et y dépose ses affaires. L'un des conseillers de la reine vous a donné à vous quatre des vêtements plus chauds, il faut dire que le Nord est bien plus rigoureux que ce à quoi vous vous attendiez. D'autant que vous n'avez pas eu le temps de récupérer de quoi vous vêtir.

Dans la chambrée où vous allez loger se trouve un coffre, teinté de bleu et de violet mais dont la serrure semble verrouillée. Vous fouillez vos poches à la recherche de quelque chose qui pourrait l'ouvrir.

Si vous disposez d'une clé comportant l'inscription « *83-23-16* », **rendez-vous à la page 132**

Sinon, **rendez-vous à la page 191**

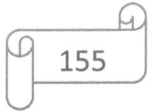

LA GROTTE

Ce combat était rude, ces satanés rôdeurs portent bien leur nom, il est difficile de leur réchapper. Vous reprenez vos esprits et indiquez au groupe qu'il est temps de s'y remettre. Tout le monde quitte la grotte, le repos fut de courte durée. Vous longez les crêtes aux abords de la Citadelle Noire, quelques braseros montrent que l'activité est intense dans la forteresse. Quelque chose s'agite en contrebas, vous apercevez un attroupement.

Une voix perce la brume. Carhâa, qui a l'ouïe fine, entend un Mage Noir s'exprimer. Ce qui devait arriver est en train de se produire : une peur sans nom vient de naître dans la citadelle. L'on chahute en-dessous, un charivari expressif s'exclame. Des roulements de tambours quand soudain, un fracas impressionnant explose. Quelques pierres près de vous s'éboulent. Malgré l'épaisse fumée qui entoure Shâltara, vous voyez clairement ce qui se joue. Un énorme chevalier sur son destrier de feu prend place au milieu de la cour, entouré d'une multitude de goules et autres abominations en tout genre.

Il est surnommé Krïnhom, le Chevalier Noir, la pire invention du Nécromancien Thâar. Une création perfide qui a pour mission d'anéantir les Terres Mandrares, en commençant par Galnor, la cité d'armes où siège le Roi Bérum.

Locklhan, qui a écouté avec attention la jeune femme, s'exprime :

-   Jadis, le nécromant a utilisé un subterfuge équivalent pour mettre en cendre nos contrées. J'ai vogué à travers les mondes pour tenter de trouver une solution mais rien, strictement rien n'est venu à moi.
-   Il y a bien un moyen de mettre un terme à cette gangrène, n'est-ce pas ? Demande Carhâa, le regard semé par le doute.

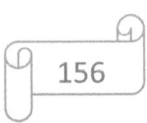

- À cette époque-là le nécromant n'avait pas le Sceptre des Cinq Morts entre ses mains, et encore moins la Relique de Faln-Lannar, poursuit l'Ancien Paladin. Il sait peut-être déjà que nous sommes ici.
- Alors nous devons agir vite. J'ai vu des oiseaux de Darthon près d'ici, je vais en envoyer un à Galnor, nous devons quérir de l'aide.
- Faites donc, termine Locklhan émerveillé par la témérité de Carhâa.

La jeune guerrière s'empresse d'écrire sur un parchemin le nécessaire avant de l'envoyer sur l'oiseau le plus proche. Vous continuez votre chemin dans une crevasse. Le chemin est très escarpé, mais c'est le seul qui vous permet de retourner vers la cité, sans être vus.

Vous arrivez, tant bien que mal, à proximité d'une faille dans la pierre. Locklhan décide de s'y faufiler discrètement, il possède la magie nécessaire dans le cas où une goule se trouverait de l'autre côté. Vous le suivez, confiant. Vous arpentez un dédale de corridors aussi sombres les uns que les autres. Simplement des torches pour vous éclairer. Après plusieurs minutes de marche effrénée, vous tombez sur deux possibilités d'avancement : un autre couloir débutant par des marches d'un côté et une porte à la poignée noire en forme de dragon de l'autre. Vous distinguez une deuxième porte mais celle-ci semble infranchissable à cause d'une paroi translucide. Vous ne pouvez donc l'emprunter.

Face à ce choix, qu'allez-vous faire ? Vous n'avez pas encore examiné la serrure mais elle est peut-être verrouillée. De l'autre côté, les marches ont l'air sécurisées mais vous vous demandez ce qui peut bien se trouver tout en haut.

Vous choisissez d'ouvrir la porte noire, **rendez-vous à la page 135**

Vous préférez monter les escaliers, **rendez-vous à la page 75**

UN BON PLAN

Grâce aux combats que vous avez menés, vous disposez dans votre besace d'une carte assez détaillée de la Citadelle Noire. Un bonus indispensable à l'avancée de votre quête, celle-ci pourrait-elle prendre fin rapidement ?

Toujours à l'abri derrière un imposant rocher, vous dépliez le parchemin délicatement. Certains morceaux ont été déchirés avec le temps, mais vous distinguez relativement bien l'entrée principale, les différentes tours ainsi que la cour et le grand hall. Bien que cette forteresse soit haute de plusieurs centaines d'hommes, tous les niveaux ne figurent pas sur cette carte. Il existe sûrement d'autres parchemins qui les contiennent, mais vous n'en possédez aucun à cette heure-ci.

De ses doigts habiles, Carhâa pointe chaque lieu important. La possibilité de groupements de sorciers et autres abominations, selon les dernières rumeurs en sa possession. Artémion vous indique une stratégie à adopter pour éviter au mieux la moindre effusion de sang. Cela vous étonne même que ce guerrier émérite ne vous propose pas de foncer dans le tas. Lui qui adore les batailles sanglantes.

Avant de pouvoir entrer dans la citadelle, vous apercevez des écritures – en langue des Anciens que vous ne comprenez pas – à un endroit bien précis sur la carte. À proximité d'une tour, un renfoncement est dessiné. Après avoir scrupuleusement étudié cette carte et malgré le manque de temps, vous êtes certain qu'un passage secret se situe à cet endroit. Vos amis et vous-même attendez le crépuscule pour zigzaguer entre les roches.

Vous arrivez face à la tour qui est entourée sur votre carte. En jetant un œil à l'édifice, un trou aussi petit qu'une moitié d'homme se dévoile sous la brume. Vous attendez le dernier moment et plongez en direction de cette niche. Personne à l'horizon. Les bruits ambients commencent à se tarir. Le calme en serait presque déconcertant. Plus une minute à perdre, vous vous faufilez tous les trois à travers ce qui apparaît désormais comme un tunnel creusé. Vous vous méfiez car un piège pourrait être tendu et vous risquez la mort à chaque pas.

Au bout de ce tunnel minuscule dans lequel vous devez ramper l'un après l'autre, vous atterrissez sur un corridor dont les deux extrémités font un virage net. Aucune visibilité de ce qui pourrait arriver, vous faites vite. Vous vous emparez d'une des torches accrochées au mur. Un bruit de pas se fait entendre au bout du couloir. Une ombre sautillante danse avec les lumières des braseros. Surgit alors une goule funeste, son corps ballotant dans tous les sens, vous avez du mal à distinguer son visage, pour peu qu'elle en ait un. Elle vous voit et se met à gindre. Pour ne pas réveiller le reste de la forteresse, vous décidez de foncer sur elle en sortant votre arme !

Un combat commence, utilisez votre FDQ et vos dés afin d'entamer la partie.

CREATURE COMBATTUE : Goule funeste
CARACTERISTIQUES : Niveau = **2** ; Force = **20pts** ; Armure = **15pts** ; Points de Vie = **40pts**

- ➢ Si votre niveau est **supérieur ou égal à** celui de la créature, continuez le combat, s'il **inférieur**, multipliez par **2** tous les points de vie de la créature, sinon, vous fuyez selon le dernier paragraphe ci-après*
- ➢ Si votre nombre de points d'armure est **supérieur ou égal à** celui de la créature, rajoutez **3** à tous vos lancers de dés, s'il est **inférieur**, déduisez **3** de tous vos lancers de dés.

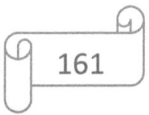

➢ Si votre nombre de points de force est **supérieur ou égal** à celui de la créature, rajoutez **3** à tous vos lancers de dés, s'il est **inférieur**, déduisez **3** de tous vos lancers de dés.

➢ Lancez les deux dés, si le total est **supérieur ou égal à 5** (comptabilisez la somme des dés), vous infligez des dégâts et la créature perd le même nombre de points de vie indiqués par la somme. Si le total est **inférieur à 5** (comptabilisez la somme des dés), vous perdez le même nombre de points de vie, que vous déduisez de votre *FDQ*. Répétez le lancer jusqu'à ce que le total des Points de Vie de la créature ou de vous-même atteigne **0**.

➢ Si vous souhaitez utiliser une potion de vie, lancez les dés, si le total est **supérieur ou égal à 6**, vous gagnez les Points de Vie de la potion, sinon vous ne pouvez pas l'utiliser pendant les deux prochains tours. Vous relancez les dés normalement.

➢ *Si vous souhaitez fuir, vous devez lancer les dés, si le total est **supérieur ou égal à 6**, vous fuyez et perdez **40pts de vie** et **ne récoltez pas le butin**, allez directement à la **page 10** ! Si le total est **inférieur à 6**, vous restez face à la créature et perdez **20pts de vie** !

Si vous sortez vainqueur de ce combat, vous récupérez sur la goule : **1 CLE COMPORTANT LES INSCRIPTIONS « 04-75-80 » + 1 POTION DE VIE MINEURE + 1 POTION DE FORCE MINEURE, rendez-vous à la page 10**

Si vous perdez ce combat, vous êtes mort, **rendez-vous à la page 1 et recommencez depuis le début**

LE ROYAUME DE MERHIDIOS

Votre nouvelle monture va vous permettre regagner des régions plus rapidement. Vous essayez de convaincre votre groupe qu'il vous faut aller au Nord, à la Montagne Sacrée de Mérhidios, berceau de la puissance magique du Mage Donnhum. Vous initiez le dialogue :

- Je sais que la Reine Oretalha s'y rend.
- Nous ne devons pas entraver ses plans, Kenthaë, soutient Carhâa. Quelle va être sa réaction si elle s'aperçoit que nous ne sommes pas allés à Shâltara ?
- Elle comprendra, affirmez-vous. Mon intuition me dit de toute faire pour atteindre la Montagne Sacrée. C'est le fief magique du Mage Donnhum, ce n'est pas pour rien si les navires se sont arrêtés si près.
- Je suis du même avis que le lancier, continue Locklhan. Cela ne fait pas partie du plan, certes, mais mon expérience m'a démontré que les plans trop bien élaborés finissent souvent mal.
- Moi, je vous suis, indique Artémion sans concertation.

Vous vous regardez, chacun à tour de rôle, puis esquissez un sourire à Carhâa. Vous quittez le Port de Valanam et entamez votre route vers la Montagne Sacrée.

Départ pour le Nord, **rendez-vous à la page 56**

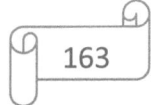

UNE AIDE INESPÉRÉE

Vous marchez depuis maintenant plusieurs heures. Sans monture, la fatigue vient plus rapidement. Heureusement pour vous, vous n'avez croisé aucun Troll de Nankage ni sorcier de Tehala. Vous faites halte près d'un petit ruisseau dont l'eau verdâtre ne vous donne guère envie d'y gouter. Ce serait la mort assurée !

Lors de cet arrêt, vous apercevez une nuée d'oiseaux défilant d'Est en Ouest. Vous savez que rien de bon ne présage un tel signe. Lorsque tout à coup, l'un d'eux se détachent de cet amas. Vous pensez alors à une attaque ou un subterfuge pour s'en prendre à vous. Mais il n'en est rien. Celui-ci est de bon augure, c'est un Oiseau de Darthon. Un messager. Vous attendez patiemment qu'il se pose près de vous et tendez le bras pour récupérer le message accroché à sa patte.

Vous lisez à haute voix le morceau de parchemin : « *Fort de notre aide, la magie n'est que la seule issue pour vaincre notre ennemi commun. Le crépuscule fera de nous des ombres qui s'enfonceront dans les entrailles hostiles de l'Ouest.* »

Vous hésitez mais Carhâa, après quelques instants, vous indique qu'il s'agit d'une aide très appréciable venant de Galnor. Vous affronterez le Nécromancien Thâar dès la tombée de la nuit. Il vous faut atteindre le pourtour de Shâltara et attendre le crépuscule.

Vous quittez les Marécages de Zhalnor et attendez devant la Citadelle Noire, **rendez-vous à la page 80**

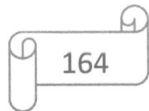

L'ATTAQUE

Locklhan vous rejoint pour vous signifier que la flotte de la reine des glaces est arrivée. Tout à coup, le cor royal des terres gelées retentit par un son puissant. L'alerte est donnée à l'armée sombre qui attend impatiemment dans la cour. Vous apercevez en contrebas une explosion, les murs partent en fumée et une troupe entre avec fracas.

Le jeune Doltha, fils du Roi Bérum, aidé de plusieurs dizaines d'autres paladins et prêtres guérisseurs se mettent à pulvériser les Névrigiens en un éclair. Ils se dirigent vers le Chevalier Noir Krïnhom qui entame des incantations meurtrières. Des dizaines de paladins succombent.

Peu de temps après, un autre pan de mur vient à exploser. Par un trou béant déferlent des soldats de la reine, celle-ci pénètre dans l'enceinte de la forteresse tout en jetant des sortilèges afin d'écarter l'armée ennemie. Sa cible : le Comte Nerrum. Un combat s'enchaine entre eux deux.

Vous sortez de votre poche la Relique de Faln-Lannar et commencez à voir de nouvelles visions. Celles du nécromant et de ses sbires proches de lui. Cette arme redoutable est un puissant allié. Grâce à elle, vous pouvez parer un nombre incalculable de coups. Vous vous dirigez lentement vers lui, accompagné de vos amis et de Locklhan. Chacun s'occupe des goules et autres abominations qui bondissent sur votre groupe. Vous empoignez votre arme d'une main et la relique de l'autre. Le duel commence.

Ce combat va se dérouler en 3 phases : pour chacune des phases, vous devrez combattre selon les règles spécifiées. Entre chaque phase, vous aurez la possibilité d'utiliser une potion sans avoir à lancer les dés.

PHASE 1

<u>**CREATURE COMBATTUE**</u> : Nécromancien Thâar
<u>**CARACTERISTIQUES**</u> : Niveau = **4** ; Force = **70pts** ; Armure = **75pts** ; Points de Vie = **200pts**

➤ Si votre niveau est **supérieur ou égal à** celui de la créature, continuez le combat, s'il **inférieur**, multipliez par **2** tous les points de vie de la créature.

➤ Si votre nombre de points d'armure est **supérieur ou égal à** celui de la créature, rajoutez **6** à tous vos lancers de dés, s'il est **inférieur**, déduisez **3** de tous vos lancers de dés.

➤ Si votre nombre de points de force est **supérieur ou égal** à celui de la créature, rajoutez **6** à tous vos lancers de dés, s'il est **inférieur**, déduisez **3** de tous vos lancers de dés.

➤ Lancez les deux dés, si le total est **supérieur ou égal à 6** (comptabilisez la somme des dés), vous infligez des dégâts et la créature perd le même nombre de points de vie indiqués par la somme. Si le total est **inférieur à 6** (comptabilisez la somme des dés), vous perdez le même nombre de points de vie, que vous déduisez de votre *FDQ*. Répétez le lancer jusqu'à ce que le total des Points de Vie de la créature ou de vous-même atteigne **0**.

- ➤ Si vous souhaitez utiliser une potion de vie, lancez les dés, si le total est **supérieur ou égal à 7**, vous gagnez les Points de Vie de la potion, sinon vous ne pouvez pas l'utiliser pendant les deux prochains tours. Vous relancez les dés normalement.
- ➤ *Vous ne pouvez pas fuir !

Si vous vainquez le Nécromancien Thâar, passez à la Phase 2.

PHASE 2

<u>CARACTERISTIQUES</u> : Niveau = **4** ; Force = **65pts** ; Armure = **40pts** ; Points de Vie = **110pts**

- ➤ Si votre niveau est **supérieur ou égal à** celui de la créature, continuez le combat, s'il **inférieur**, multipliez par **2** tous les points de vie de la créature.
- ➤ Si votre nombre de points d'armure est **supérieur ou égal à** celui de la créature, rajoutez **8** à tous vos lancers de dés, s'il est **inférieur**, déduisez **3** de tous vos lancers de dés.
- ➤ Si votre nombre de points de force est **supérieur ou égal à** celui de la créature, rajoutez **8** à tous vos lancers de dés, s'il est **inférieur**, déduisez **3** de tous vos lancers de dés.
- ➤ Lancez les deux dés, si le total est **supérieur ou égal à 5** (comptabilisez la somme des dés), vous infligez des dégâts et la créature perd le même nombre de points de vie indiqués par la somme. Si le total est **inférieur à 5** (comptabilisez la somme des dés), vous perdez le même nombre de points de vie, que vous

déduisez de votre *FDQ*. Répétez le lancer jusqu'à ce que le total des Points de Vie de la créature ou de vous-même atteigne **0**.

➢ Si vous souhaitez utiliser une potion de vie, lancez les dés, si le total est **supérieur ou égal à 6**, vous gagnez les Points de Vie de la potion, sinon vous ne pouvez pas l'utiliser pendant les deux prochains tours. Vous relancez les dés normalement.

➢ *Vous ne pouvez pas fuir !

Si vous vainquez le Nécromancien Thâar, passez à la phase 3

PHASE 3

<u>CARACTERISTIQUES</u> : Niveau = **4** ; Force = **50pts** ; Armure = **35pts** ; Points de Vie = **80pts**

➢ Si votre niveau est **supérieur ou égal à** celui de la créature, continuez le combat, s'il **inférieur**, multipliez par **2** tous les points de vie de la créature.

➢ Si votre nombre de points d'armure est **supérieur ou égal à** celui de la créature, rajoutez **6** à tous vos lancers de dés, s'il est **inférieur**, déduisez **3** de tous vos lancers de dés.

➢ Si votre nombre de points de force est **supérieur ou égal à** celui de la créature, rajoutez **6** à tous vos lancers de dés, s'il est **inférieur**, déduisez **3** de tous vos lancers de dés.

➢ Lancez les deux dés, si le total est **supérieur ou égal à 4** (comptabilisez la somme des dés), vous infligez des dégâts et la créature perd le même nombre de points de vie indiqués par la somme. Si le total est

inférieur à 4 (comptabilisez la somme des dés), vous perdez le même nombre de points de vie, que vous déduisez de votre *FDQ*. Répétez le lancer jusqu'à ce que le total des Points de Vie de la créature ou de vous-même atteigne **0**.

➢ Si vous souhaitez utiliser une potion de vie, lancez les dés, si le total est **supérieur ou égal à 7**, vous gagnez les Points de Vie de la potion, sinon vous ne pouvez pas l'utiliser pendant les deux prochains tours. Vous relancez les dés normalement.

➢ *Vous ne pouvez pas fuir !

Si vous avez vaincu le Nécromancien Thâar, **rendez-vous à la page 88**

Si vous n'avez plus de points de vie, la partie est terminée, vous avez perdu !

L'INCANTATION

Vous vous demandez comment un paladin de votre royaume a pu atterrir dans cette endroit sinistre et macabre. Généralement, les paladins forment des troupes, ils ne s'aventurent jamais hors des sentiers battus, seuls. Les Anciens Paladins, quant à eux, ont la réputation d'être solitaire, comme Locklhan. Ils errent à travers le monde en quête de savoir et de pouvoir, la magie guide leur destin.

Carhâa se rappelle que lorsqu'elle a étudié les différentes magies qui sont utilisées sur Hissfon, elle a découvert que des rituels étaient menés afin de faire naître des horreurs. Après ce que vous avez aperçu à l'extérieur de la Citadelle Noire, vous pourriez parier qu'il s'agit d'une incantation qui a créé le Chevalier Noir Krïnhom. Un sacrifice supplémentaire pour la Mort. Ce paladin devait en être l'essence même.

Après avoir contemplé la marque présente sur son front, en gage de soumission envers le Comte Nerrum, vous quittez la pièce. Vous continuez votre marche quand des murmures retentissent dans votre tête. Une nouvelle incantation est en cours. Vous accélérez le pas et découvrez une autre salle remplie de sorciers ténébreux. Leurs yeux nimbés de rouge, leurs mains tournoyant l'une autour de l'autre, des jets de lumière bleuâtre dans tous les sens. Ils sont en train de psalmodier un sortilège très puissant. Vous doutez même de la nature de ce sort qui pourrait faire surgir le pire.

Locklhan vient discrètement à vous et dit :
-   Nous pouvons les attaquer par surprise, je connais leur méthode d'incantation. Ils sont en transe en ce moment et ne pourront parer à aucun coup. Il faut être rapide et furtif. Je vais utiliser un parchemin de Brume Sanglante, un sort très

coûteux en énergie mais c'est le seul moyen pour les atteindre tous en même temps.

Vous le regardez tous les trois et acquiescez. Ils sont au nombre de six, si le sortilège du paladin ne fonctionne pas assez longtemps, vous courrez à votre mort !

Dans cette étape, vous devez utiliser les deux dés. Lancez-les à trois reprises. Chaque fois que vous faites un score **inférieur ou égal à 5**, vous combattez un sorcier Shâari corrompu. Si votre score est **supérieur à 6** pendant les trois tours, alors vous vainquez les sorciers grâce au sort puissant de Locklhan.
Dans le cas d'un combat, utilisez la logique de combat suivante. Sinon, vous pouvez passer directement à la fin de ce chapitre sans combattre.

<u>**CREATURE COMBATTUE**</u> : Sorcier Shâari corrompu
<u>**CARACTERISTIQUES**</u> : Niveau = **3** ; Force = **30pts** ; Armure = **35pts** ; Points de Vie = **95pts**

➢ Si votre niveau est **supérieur ou égal à** celui de la créature, continuez le combat, s'il **inférieur**, multipliez par **2** tous les points de vie de la créature, sinon, vous fuyez selon le dernier paragraphe ci-après*
➢ Si votre nombre de points d'armure est **supérieur ou égal à** celui de la créature, rajoutez **3** à tous vos lancers de dés, s'il est **inférieur**, déduisez **3** de tous vos lancers de dés.
➢ Si votre nombre de points de force est **supérieur ou égal à** celui de la créature, rajoutez **3** à tous vos lancers de dés, s'il est **inférieur**, déduisez **3** de tous vos lancers de dés.

➢ Lancez les deux dés, si le total est **supérieur ou égal à 5** (comptabilisez la somme des dés), vous infligez des dégâts et la créature perd le même nombre de points de vie indiqués par la somme. Si le total est **inférieur à 5** (comptabilisez la somme des dés), vous perdez le même nombre de points de vie, que vous déduisez de votre *FDQ*. Répétez le lancer jusqu'à ce que le total des Points de Vie de la créature ou de vous-même atteigne **0**.

➢ Si vous souhaitez utiliser une potion de vie, lancez les dés, si le total est **supérieur ou égal à 6**, vous gagnez les Points de Vie de la potion, sinon vous ne pouvez pas l'utiliser pendant les deux prochains tours. Vous relancez les dés normalement.

➢ *Si vous souhaitez fuir, vous devez lancer les dés, si le total est **supérieur ou égal à 6**, vous fuyez et perdez **40pts de vie** et **ne récoltez pas le butin**, allez directement à la suite ! Si le total est **inférieur à 6**, vous restez face à la créature et perdez **20pts de vie** !

Si vous perdez ce combat, vous êtes mort, **rendez-vous à la page 1 et recommencez depuis le début**

Les Sorciers Shâari sont naturellement des êtres pacifiques, qui prônent la justice par la magie. Ceux-ci ont été faits prisonniers et n'ont pas réchappé à l'emprise du Comte Nerrum.

Vous les voyez tous à terre. L'incantation s'est interrompue instantanément. Vous vous réjouissez car vous avez mis fin à un sortilège qui aurait pu créer une chose ignoble dans la forteresse mais vous avez également détruit l'envoûtement qui retenait le Mage Tannelu captif. Vous pouvez ainsi le libérer.

Le magicien était enfermé dans cet endroit morbide depuis si longtemps qu'il ne se souvient plus de la dernière fois où il a vu le jour. Il vous remercie humblement, sa magie s'est estompée car le lien entre les cinq Mages demeure fragile.

Trop faible pour créer un portail vers Galnor, l'endroit est si enclavé dans les fondations de la Citadelle Noire que le Mage Tohn-Mâ ne peut faire de même. Vous devez le sortir de cet enfer afin de remédier à ce problème. Vous quittez rapidement la pièce en direction d'un endroit plus sûr.

Le Mage Tannelu vous suit malgré la douleur qui l'envahit, **rendez-vous à la page 125**

MOPREM

Vous et vos amis avez traversé les forêts et les prairies afin de vous rendre à Moprem, cité du Mage Tohn-Mâ. Perchée sur un gigantesque rocher, entourée de murailles impénétrables et dont la grande tour peut être vue à des milles à la ronde, vous levez la tête et resté stupéfié de sa grandeur. Vous aviez déjà pénétré cette citadelle fortifiée mais il y a déjà des années, vos souvenirs vous faisant défaut, vous vous demandez comment une armée pourrait-elle rayer Moprem de la carte !

Vous longez le passage qui mène à la grande porte. Cette route étroite, qui surplombe la vallée, ne peut laisser passer qu'une charrette, rien de plus. Les habitants çà et là vous dévisagent, mais vous pouvez lire dans leurs yeux cette joie palpable qui les anime. Ils savent que, malgré la rumeur d'une guerre proche, vous avez été convoqués, vous et vos amis, dans le but de défaire les plans du Nécromancien.

Les gardes postés à l'entrée de la forteresse vous mettent en joug. Vous n'osez plus avancer, votre pas s'arrête promptement. Au moindre geste, vous savez qu'un archer pourra décocher une flèche qui atterrira directement dans votre poitrine. Vous n'êtes qu'un étranger pour les habitants de Moprem, mais l'heure tourne et il vous faut vous rendre dans la grande tour, place forte du Mage. Vous intervenez rapidement :

- Nous sommes envoyés sur ordre du Mage Donnhum et votre suzerain, le Roi Bérum. Veuillez nous laisser entrer, il devient urgent de lui rendre compte.

Personne ne bouge, aucun regard ne se détourne de vous, vous tentez d'avancer d'un pas lorsque les archers lèvent leur arc. Un mouvement de plus et vous pourrez soit rebrousser chemin soit mourir dans d'atroces souffrances.

Vous sentez la brise sur votre visage, vous vous tournez vers vos amis afin de quérir de l'aide sur votre décision, vous êtes dans une impasse. Il est indispensable de franchir ces remparts, vous prenez la décision de tenter une approche lorsque tout à coup, surgissant de nulle part, le Mage Tohn-Mâ apparaît derrière l'un des premiers archers.

Vous êtes soulagés, votre groupe peut enfin entrer dans la cour. Le Mage vous fait signe d'avancer, vous entendez un grincement sourd, la grande porte s'ouvre.

Vous entrez dans la citadelle de Moprem, **rendez-vous à la page 8**

LE QUATRIEME ROYAUME

Après une longue course à travers les terres dévastées, l'odeur putride et caractéristique des lieux n'ont plus de doutes pour vous. Vous arrivez face au légendaire Quatrième Royaume et ses Marécages de Zhalnor. Vous aviez déjà entendu parler de cet endroit interdit, vous n'étiez jamais allé aussi loin, pas même vos compagnons de route.

Un air nauséabond vous parcourt les narines, que vous cachez aussitôt. Des troncs effeuillés, plus aucun animal ne rode, tout n'est que désolation à perte de vue. Des marécages bouillonnants vous empêchent de continuer sereinement. Vous apercevez au loin, malgré les fumées épaisses qui s'échappent du sol, une silhouette. Elle est loin mais vous distinguez facilement une chevelure, très imposante. Artémion vous regarde et vous met en garde :

- Serait-ce encore une supercherie de Névrigien ?
- Je n'en suis pas si sûr, il me semble que cette personne au loin fuit quelque chose… ou quelqu'un !
- Mais tu as raison Kenthaë ! C'est une femme, mais que fait elle en ces lieux dangereux ? Questionne Artémion, sur le qui-vive.
- Elle vient dans notre direction, confirme Carhâa en mettant sa main sur son arme.

« À l'aide ! Aidez-moi ! » Entendez-vous de la jeune femme arrivant vers vous. Elle tente de se faufiler à travers les monticules de terre fumante, lorsqu'elle vous fait face :

- Aidez-moi, je vous en supplie !
- Bien, bien… Que vous arrive-t-il ? Lui demandez-vous.
- Ils en ont après moi, vous devez m'aider…
- Qui ça « ils » ?

- Une horde de névrigien, j'ai réussi à les semer mais ils ont comme un flair, ils sont partout !
- Nous allons vous aider, mais d'où venez-vous ?
- Je viens de Bar-Hêdit, au sud du Puy Méfron.
- Vous avez parcouru une sacrée distance !
- J'ai perdu mon cheval, confie la jeune femme à la robe rouge déchirée à certains endroits. Il est mort juste après la sortie du gouffre d'Hal-Haraon.
- Je suis désolé pour votre cheval. Venez, ne restons pas ici.

Après l'avoir emmitouflée dans un drap moelleux, qui tapissait le fond de l'une des caisses accrochées à votre cheval, vous lui demandez son nom :
- Je m'appelle Hamaya, fille du Seigneur Kalranh.
- La famille Kalranh ? Qui a aidé le Nécromancien à piller les Terres Mandrares ? Fustige Artémion en colère.
- Oui ! Mais attendez ! Je n'en fais plus partie…
- C'est-à-dire ? Demandez-vous la paume de votre main sur votre arme.
- J'étais en désaccord avec tout ce qu'a dit et fait mon père. J'ai déserté les rangs de la cité.
- Tu t'es rebellée ? Questionne Carhâa.
- Tout à fait. Je me suis enfuie parce que mon père a menacé de me faire exécuter si je ne faisais pas tout ce qu'il me dit.
- Tu as bien fait, dit votre amie, nous allons nous allier afin d'y mettre un terme.
- Je peux vous aider, si vous le souhaitez, mon père ne s'attend pas à me revoir, nous pouvons le prendre par surprise.
- Et que ferons-nous face à lui ? Demandez-vous.
- Vous pourrez lui reprendre son sceptre, il lui confère sa puissance et cela augmente l'emprise

du Nécromancien. Si nous le détruisons, vous aurez un allié supplémentaire. Tout comme son armée de dragons noirs.

- Les fameux Dragons Noirs de Bar-Hêdit ! S'exclame Artémion, c'est bien ça ? Je rêve d'en voir de près…
- Vous pourrez les voir et les toucher, si nous allons à ma cité.

Vous la contemplez, plus elle parle, plus vous doutez de ses intentions. Elle a peut-être quitté son foyer pour traitrise, mais vous ne savez pas toutes les circonstances. Se rendre à Bar-Hêdit vous permettrait de récupérer le sceptre du Seigneur Kalranh et ainsi avoir un allié de plus. Mais cela pourrait vous mener vers un piège, vous faire enfermer avant d'être tués par les soldats du Puy Méfron !
Que choisissez-vous de faire ?

Vous accompagnez Hamaya à la cité enfouie de Bar-Hêdit, **rendez-vous à la page 12**

Vous préférez vous en remettre à votre intuition, vous ne croyez pas la jeune femme, **rendez-vous à la page 52**

Le Seigneur Kalranh

Votre arme sous la gorge d'Hamaya a suffi pour faire renoncer le seigneur des lieux à vous exécuter, sa fille comprise. Il vous somme de la laisser saine et sauve si vous concluez un pacte :

- Nous sommes dans une impasse, vous dit-il.
- J'en ai bien l'impression, messire. Soit nous mourons tous, soit nous faisons preuve de sagesse en laissant nos querelles de côté.
- C'est vous et vous seuls qui avez amené vos querelles dans mes murs !
- Je ne suis pas le Roi Bérum ni le Mage Donnhum ! Je suis ici pour vous faire comprendre que ce que vous a promis le nécromant n'est que pure folie... Si vous lui laissez votre armée et la possibilité de gouverner les Terres Mandrares, il viendra ici pour anéantir tout ce qui s'y trouve !
- Inepties ! Vous ne savez pas ce que son éminence va faire de ces terres. La vie reprendra de plus belle, nous pourrons enfin commercer avec les Terres des Confins sans qu'un misérable roi nous en empêche ! Votre roi vous jette de la poudre aux yeux !
- Sûrement pas... ajoutez-vous, furieux. Votre esprit est perverti par ses promesses perfides ! La noirceur de son âme détruira tout, jusqu'à votre cité et votre fille.
- Taisez-vous ! Fustige le Seigneur Kalranh. Commencez par laisser ma fille et je vous promets un sauf conduit hors d'ici.

Vous hésitez un instant. Sa parole corrompue n'a aucune valeur, vous le savez. Mais vous devez rejoindre

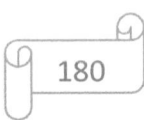

l'extérieur au plus vite. Le Seigneur Kalranh ne vous donnera jamais son sceptre, bien trop précieux en ces temps de guerre. Il vaut mieux pour votre groupe accepter son offre.

Vous acquiescez et laissez s'échapper Hamaya qui vous jette un regard sombre. Le dragon s'approche de vous, comme pour signifier de baisser votre arme. Ce que vous faites immédiatement. Le vieil homme se met à sourire, un rictus de victoire s'empare de lui, alors même que le dragon s'apprête à cracher son feu sur votre groupe :

- Razzä, tout doux… Nous n'allons pas les tuer maintenant…
- Quoi ? Criez-vous. Félon !
- Gardes ! Emmenez-les ! Ordonne le seigneur des lieux.

Une dizaine de soldats sortent de tous les côtés, du moindre corridor, et vous escorte jusqu'à une minuscule pièce dans laquelle il n'y a ni fenêtre ni barreaux. Juste une petite porte d'où vous êtes entrés. Vous êtes pris au piège, sa parole n'avait aucune valeur, vous en avez la preuve.

Vous êtes enfermés dans les cachots, **rendez-vous à la page 25**

SOUS LA MONTAGNE

Cette discussion des plus importantes a éveillé votre curiosité. Vous ne connaissez rien de cette cité. Vous en avez certes entendu parler, comme toutes les légendes qui se murmurent à travers les âges et les contrées. Mais vous avez besoin de parcourir les étals et les échoppes de Vreseryth, cité sous la montagne.

Carhâa vous suit tandis qu'Artémion et Locklhan s'adonnent à une passion plus réconfortante : s'abreuver de la meilleure bière du Nord. Les habitants flânent autour de vous, l'un se met à rire alors qu'il entend une histoire contée pour la centième fois, quand un autre fait la cour à jeune femme qui préfère contempler les étalages de fleurs.

Une boutique attire votre attention. Une flèche dorée entourée d'un bouclier. Une enseigne évocatrice d'un armement qui pourrait vous séduire. Vous entrez tous deux, un son clinquant retentit, son hôte vous accueille :

- Bien le bonjour, messire, madame.

Carhâa sourit, cela fait des lustres que vous ne l'aviez pas vue enjouée. Ces derniers temps sont si rudes que toute joie a quitté son être. Vous admirez la diversité des épées et autres dagues mises à disposition. Que pourriez-vous acheter ? Si vous préférez passer votre chemin et quitter l'échoppe, rendez-vous à la page indiquée ci-après.

➢ 1 dague Cœur de la Montagne (+19 pts de Force), cette arme **vous coûte 21PO**

OU

➢ 1 hache à une main Perceglace (+21 pts d'Armure), cette arme **vous coûte 25PO**

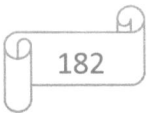

➢ 1 bouclier Brise Alliance (+30 pts de Force), cette arme **vous coûte 40PO**

Il vous est également possible d'acheter des potions, en plus d'une nouvelle arme, cela vous serait utile si votre besace est vide.

➢ 1 potion de vie majeure (+40 pts de Vie), cette potion **vous coûte 19PO**

OU

➢ 1 potion de force majeure (+30 pts de Force), cette potion **vous coûte 20PO**

Vous avez terminé de visiter les environs, il vous faut vous hâter à rejoindre vos amis, l'armée de la reine se prépare, **rendez-vous à la page 154**

DES EXPLICATIONS

Vous sortez de votre veste tannée avant votre départ la puissante Relique de Faln-Lannar. Les yeux ébahis de vos amis et du Mage Tannelu qui restent émerveillés par sa beauté. Son rayonnement est tel que le corridor semble illuminé par sa seule présence. Vous donnez des explications au groupe :

- Je n'ai eu que peu de temps pour réfléchir. J'ai mis mes mains sur la relique et le temps a semblé se dérouler tout autour de moi alors que vous étiez figés !
- Les pouvoirs de la Relique de Faln-Lannar transcendent les lois de ce monde, ajoute Locklhan. J'ai traversé les océans et les terres de chacun des continents pour la trouver. Et la voilà, sous mes yeux.

L'Ancien Paladin paraît obnubilé par l'amulette et son pouvoir. Il s'approche de vous et c'est alors que Carhâa s'écrie :

- Non ! N'y touchez surtout pas !
- Je la convoite depuis tant de cycles, exprime Locklhan, mon cœur la réclame si ardemment...

Vous voyez la scène et cachez à nouveau la relique dans votre veste. Le regard vitreux du paladin s'estompe et revient à lui.

- Ses effets peuvent être dangereux ! Ajoute la jeune femme. Seuls les Mages sont à même d'utiliser la relique ou le protecteur de Bäl-Geren. Je ne puis expliquer pourquoi tu as pu t'en servir, Kenthaë...

Tout le monde reste subjugué par cette nouvelle, même le Mage Tannelu toujours allongé au sol. Après avoir repris vos esprits, le Mage Tannelu tente d'en informer le Mage Donnhum. Vous apprenez que le magicien installé à Galnor va envoyer des oiseaux de Darthon afin de quérir l'aide afin d'affronter le Nécromancien.

Il vous est possible de rester sur place sans avoir à quitter la forteresse de Shâltara, l'armée sombre semble se concentrer à l'intérieur de la grande cour.

Vous avez pris de l'expérience en combattant et en prenant l'assurance de vous rendre à la Citadelle Noire.

Vous **gagnez un niveau supplémentaire**, félicitations !

- ➢ **+11 pts de Force**
- ➢ **+9 pts d'Armure**
- ➢ **+1 potion de Vie Majeure**

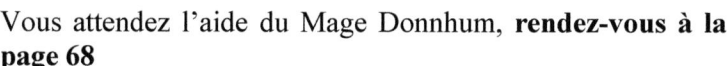

Vous attendez l'aide du Mage Donnhum, **rendez-vous à la page 68**

UNE ULTIME DÉCISION

Vous suivez Carhâa tout en supportant le Mage Tannelu. Ses blessures encore visibles l'empêchent de marcher correctement.

Au détour d'un énième couloir, un bruit se fait entendre. Tels des pas sautillants, quelque chose approche. Les lueurs des torches font danser la chose. Vous êtes sur vos gardes, un sorcier ou un paladin corrompu pourrait surgir.

Après quelques instants d'hésitation, plusieurs ombres se mettent à danser sous les braseros. Un petit groupe de goules putréfiées du Néant en train de rôder vous tombe dessus !

Un combat commence, utilisez votre FDQ et vos dés afin d'entamer la partie.

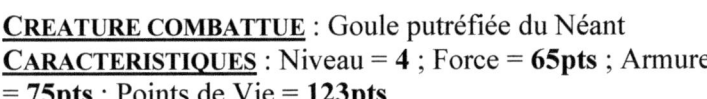

CRÉATURE COMBATTUE : Goule putréfiée du Néant
CARACTÉRISTIQUES : Niveau = **4** ; Force = **65pts** ; Armure = **75pts** ; Points de Vie = **123pts**

➤ Si votre niveau est **supérieur ou égal à** celui de la créature, continuez le combat, s'il **inférieur**, multipliez par **2** tous les points de vie de la créature, sinon, vous fuyez selon le dernier paragraphe ci-après*

➤ Si votre nombre de points d'armure est **supérieur ou égal à** celui de la créature, rajoutez **3** à tous vos lancers de dés, s'il est **inférieur**, déduisez **3** de tous vos lancers de dés.

➤ Si votre nombre de points de force est **supérieur ou égal à** celui de la créature, rajoutez **3** à tous vos lancers

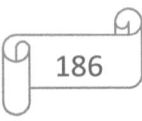

de dés, s'il est **inférieur**, déduisez **3** de tous vos lancers de dés.

➤ Lancez les deux dés, si le total est **supérieur ou égal à 6** (comptabilisez la somme des dés), vous infligez des dégâts et la créature perd le même nombre de points de vie indiqués par la somme. Si le total est **inférieur à 6** (comptabilisez la somme des dés), vous perdez le même nombre de points de vie, que vous déduisez de votre *FDQ*. Répétez le lancer jusqu'à ce que le total des Points de Vie de la créature ou de vous-même atteigne **0**.

➤ Si vous souhaitez utiliser une potion de vie, lancez les dés, si le total est **supérieur ou égal à 6**, vous gagnez les Points de Vie de la potion, sinon vous ne pouvez pas l'utiliser pendant les deux prochains tours. Vous relancez les dés normalement.

➤ *Si vous souhaitez fuir, vous devez lancer les dés, si le total est **supérieur ou égal à 6**, vous fuyez et perdez **40pts de vie** et **ne récoltez pas le butin**, allez directement à la **page 165** ! Si le total est **inférieur à 6**, vous restez face à la créature et perdez **20pts de vie** !

Si vous sortez vainqueur de ce combat, vous récupérez sur la goule : **10PO + 42PTS DE VIE INSTANTANES, rendez-vous à la page 165**

Si vous perdez ce combat, vous êtes mort, **rendez-vous à la page 1 et recommencez depuis le début**

L'INCONNU

Vous parcourez les Terres Mandrares sur des milles et des milles. Le paysage défile devant le galop incessant de vos destriers. Certains des villages que vous croisez ne sont plus que ruines. La douceur de l'automne laisse place à un vent froid, presque glacial. Certains diraient que l'hiver est arrivé, mais la désolation des lieux ne peut être qu'à l'origine de cette absence de chaleur.

Le soleil n'est pas encore sur l'horizon, que vous vous approchez de la ville qui a vu naître Carhâa : Ponthal. Ce lieu hautement apprécié des Mages et autres sorciers du Bien pour sa plénitude et la facilité à méditer, n'est à présent qu'un champ de ruines. Un de plus dans les contrées de l'Ouest. La puissance grandissante du Nécromancien Thâar et son emprise sur les terres laissent penser qu'il ne tardera pas à déferler sur Galnor la cité d'armes. Endroit stratégique pour les Mages et le Roi Bérum, sa proximité avec Auttum en fait une cible prioritaire.

Devant ce qui reste d'une palissade gigantesque, des symboles sont gravés au fer. Vous ne comprenez pas ce qui est écrit mais Carhâa, qui a suivi des entraînements à travers les Terres Mandrares, semble pouvoir les déchiffrer. Après quelques instants d'hésitation, elle se retourne vers vous et vous confie :

- Ces gravures signifient que Thâar a eu connaissance du changement de lieu de la Relique. Ceux qui aideront à la cacher subiront le même sort que ce village.

Vous contemplez votre amie et ressentez un malaise dans ses paroles. La jeune femme n'a jamais laissé paraître le moindre signe de faiblesse. Vous retrouver devant son village natal, détruit, vous laisse perplexe. Il vous faut tout de même

avancer. Vous décidez d'entrer tout en réconfortant votre amie.

Les décombres s'amoncèlent çà et là. Vous arrivez devant une stèle encore intacte lorsque, de nulle part, court un bruit suspect. Vous et vos compagnons regardez de tous les côtés puis un halo blanchâtre fait irruption. Vous vous regroupez et commencez à parer ce sortilège. Cette puissante lumière vous éblouit mais vous pouvez apercevoir une silhouette en fond. Carhâa se met à crier lorsqu'elle entend un verbiage dissimulé dans la lueur « Non ! Arrêtez ! ». Grâce à son action, le halo se dissipe et vous voyez un homme, drapé de part et d'autre de son corps mais des symboles apparaissent clairement sur son visage et ses mains. Instantanément, vous reconnaissez l'Ancien Paladin :

- Que faites-vous ici ? Demande l'homme aux inscriptions.
- Nous vous cherchions depuis près d'une demi-lune ! Répond la jeune femme.
- Vous me cherchiez ? Moi ? Vous n'êtes pas censés être ici !
- Nous savons bien, ajoutez-vous, mais je vous ai vus à Bäl-Geren, en compagnie du Grand Gardien de la Relique.
- C'est impossible ! Affirme le Paladin. Cette discussion s'est faite en toute discrétion !
- Nous vous avons vus, nous savons que vous disposez de la Relique et vous devez être informé que le Nécromancien est à sa recherche. S'il la trouve avant nous, ce sera la fin des Terres Mandrares !

L'Ancien Paladin vous regarde, abasourdi, puis plonge son regard dans les braises encore fumantes. Ses pensées s'emmêlent à vos aveux. L'air dépité, il vous confie :

- Je n'ai plus la Relique…

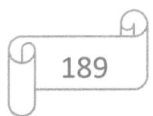

- Que dites-vous ? S'exclame Carhâa.
- J'arrivais à Ponthal lorsque je suis tombé nez à nez avec une troupe névrigienne. Je n'ai eu aucun répit. Ils étaient trop nombreux pour que je puisse les affronter, mes sorts sont puissants mais j'ai été pris au dépourvu.
- Tout est fini ! Termine Artémion. Nous devons rapidement retourner à Galnor pour prévenir le Roi Bérum !
- Non, fustige la jeune femme, nous devons tout faire pour la récupérer.

Dès lors, vous vous réunissez pour élaborer un plan afin de trouver le moyen de faire face aux troupes du nécromant. Artémion semble bien décidé à avertir le Roi par tous les moyens, vous semblez vous opposer à cette décision.

Vous suivez votre plan et partez en direction de l'Ouest, vers la citadelle noire de Shâltara, fief du Nécromancien Thâar, **rendez-vous à la page 4.**

Vous entamez la discussion avec Artémion et essayez de prévenir le Roi Bérum, **rendez-vous à la page 112.**

LA TRAVERSEE

Les vagues se fracassent sur la coque des navires. La houle fait tanguer les barils à bord. Le vent s'engouffre dans les voiles, le symbole imposant du Royaume de Nord-Rivage fait face à l'horizon. Vous parcourez les milles qui vous séparent des côtes Nord du Royaume de Mérhidios, votre destination.

Vous apercevez la suzeraine, à la proue du bateau, admirant l'Océan et son tumulte. Vous vous approchez, confiant :

- Ma Reine, sommes-nous loin de Mérhidios ?
- Nous ferons bientôt escale, soyez rassuré. Seulement, nous ne vous accompagnerons pas.
- Que dites-vous ? Protestez-vous.
- Vous contestez mon autorité ? Dit la monarque en vous fixant de ses yeux bleus brillants.
- Bien sûr que non, ma Reine. Nous pensions défier le nécromant ensemble, votre magie et nos armes.
- Je dois protéger mon peuple, cela passe aussi par des sacrifices. Celui que je dois faire m'amène à vous laisser à Mérhidios, tandis que j'irai sur la haute montagne, au domaine du Mage Donnhum.
- J'espère que nos choix seront les bons, confiez-vous.
- Je dois maintenant prendre congés.

La Reine Oretalha s'empresse alors de regagner la cale du navire, sûrement en quête de recommandations sur les prochaines étapes auprès de ses conseillers.

Vous rejoignez vos amis qui vous attendent à la poupe du bateau, près d'une table sur laquelle est posée une carte du Quatrième Royaume. Vous commencez par élaborer un plan afin de mettre un terme au règne du Nécromancien Thâar.

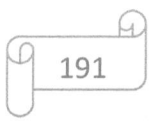

Vous savez dorénavant que le Chevalier Noir fait partie de ses dernières créations macabres.

Vous avez pris de l'expérience en combattant et en prenant l'assurance de vous rendre au Royaume de Nord-Rivage.

Vous **gagnez un niveau supplémentaire**, félicitations !

- ➢ **+12 pts de Force**
- ➢ **+8 pts d'Armure**
- ➢ **+75 pts de Vie**
- ➢ **+9 PO**

Vous voguez sur l'Océan Boréal en direction du Royaume de Mérhidios, **rendez-vous à la page 78**

LE QUESTIONNEMENT

Vous et vos amis vous remettez tout juste de ce combat mais vous vous demandez pourquoi un simple fantassin possède sur lui une clé. Une petite clé argentée, légèrement rouillée aux extrémités et comportant une inscription. Vos interrogations vont être promptement stoppées lorsque vous apercevez, au centre du village dévasté, un cheval attaché à un poteau de bois. L'animal semble être à cet endroit depuis quelques temps mais personne à proximité.

Vous décidez de vous approcher de l'équidé, en toute discrétion pour éviter d'être une nouvelle la cible d'une attaque des Névrigiens. Vous et vos amis savez que les lieux ne sont pas sûrs. Les hordes Névrigiennes n'ont pas pour habitude, une fois un village dévasté, de quitter l'endroit sans y laisser des sentinelles.

Les baraques encore fumantes du dernier assaut laissent s'échapper quelques flammes et le bois incandescent crépite çà et là. Le cheval s'agite à votre présence, dès lors que vous êtes proches, vous entendez comme un gémissement et quelques mètres plus loin, assis contre une barrique, un homme vêtu d'une armure colorée de jaune et de rose, laissant réfléchir les derniers rayons de soleil, un imposant heaume est posé contre ses bottes. Son marteau à moitié fissuré vous laisse comprendre qu'il s'agit d'un paladin de la garde royale, égaré suite à l'attaque. Vous vous agenouillez près de lui pour comprendre la situation :

- Qu'est-il arrivé ici ?
- Vous arrivez trop tard… tente d'exprimer le paladin.
- Nous pouvons faire venir un prêtre guérisseur, nous allons envoyer un oiseau de Darthon à la cité de Galnor tout de suite !

- Ne vous donnez pas tant de mal, personne ne pourra panser mes plaies, mon marteau est détruit… Je sens la fin venir…
- Ne dites pas ça, nous pouvons…
- Non ! Je vous dis qu'il est temps pour moi de partir. Ce que j'ai vu ici, explique le paladin, c'est abominable, toutes ces horreurs… Je sais que le Comte Nerrum a envoyé ses sbires conquérir toutes les contrées de l'Est. Le Roi Bérum nous a ordonné d'y mettre un terme mais nous avons échoué dans la recherche de la Relique.
- Vous cherchiez la Relique de Faln-Lannar ?
- Bien sûr, notre commandant est formel, les ordres viennent du Roi et du Mage Donnhum.
- Nous les avons vus juste avant de partir, confirmez-vous, ce sont eux qui nous ont envoyés.
- Partez d'ici aussi vite que possible, vous connaissez les Névrigiens, ils n'en resteront pas là ! S'exclame le paladin agonisant.
- Nous sommes venus ici pour avoir des réponses dans cette quête.
- Les réponses à vos questions se trouvent au Nord, à Bäl-Geren, dit l'homme en armure dans un dernier soupir, vous… vous y trouverez… un…
- Nous trouverons quoi ? Dites-nous !

Le paladin tente de finir sa phrase mais en vain. Les yeux grands ouverts, la lueur de son âme s'échappe telle une petite fumée à l'extérieur de son corps encore chaud. Sur ces révélations, vous regardez vos amis et décidez de quitter les lieux rapidement. Une nouvelle troupe Névrigienne pourrait faire irruption d'un instant à l'autre. Vous retournez rapidement auprès des chevaux que vous aviez harnachés à votre arrivée. Le temps du retour, vous repensez aux derniers mots du paladin mais vous vous demandez ce que vous trouverez une fois arrivés à Bäl-Geren.

Vous souhaitez en avoir le cœur net, vous décidez avec vos amis de parcourir le territoire pour vous rendre au Nord, le temps vous est compté.

Un sentiment étrange vous envahit, **rendez-vous à la page 30**

LES ARMES

> **Les lances (à deux mains) :**

Arme	Caractéristiques	Catégorie
Basique d'Auttum	+10pts de Force	Commun
Double Flèche de Zhalnor	+30pts d'Armure	Rare
Intrépide	+12pts de Force	Légendaire

> **Les dagues :**

Arme	Caractéristiques	Catégorie
Quatre Chemins	+8pts de Force	Commun
Lasturana	+11pts de Force	Commun
Cœur de la Montagne	+19pts de Force	Rare

> **Les épées à une main :**

Arme	Caractéristiques	Catégorie
Bref Hiver	+7pts de Force	Commun
Sombre Epine	+8pts de Force	Commun
Grandescie	+25pts de Force	Rare

> **Les épées à deux mains :**

Arme	Caractéristiques	Catégorie
Gluante des Marécages	+11pts de Force	Commun
Marécages de l'Ouest	+20pts de Force	Rare

> **Les haches à une main :**

Arme	Caractéristiques	Catégorie
Hache des Tréfonds	+11pts de Force	Commun
Perceglace	+21pts d'Armure	Rare

> **Les haches à deux mains :**

Arme	Caractéristiques	Catégorie
Tordue de Moprem	+14pts de Force	Commun
Glacesang des Neiges	+25 de Force	Rare

➢ **Les arbalètes :**

Arme	Caractéristiques	Catégorie
Vifesprit	+9pts de Force	Commun
Pointes de Mérhidios	+32pts de Force	Rare

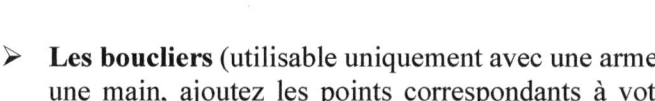

➢ **Les boucliers** (utilisable uniquement avec une arme à une main, ajoutez les points correspondants à votre arme principale. Si vous changez d'arme et utilisez une arme à deux mains, enlevez le bouclier et déduisez tous ses points) **:**

Arme	Caractéristiques	Catégorie
Bronze de Glacesang	+5pts d'Armure	Commun
Trois Vents	+15pts d'Armure	Rare
Blizzard Profond	+26pts d'Armure	Rare
Tranchépine	+26pts de Force	Rare
Gangrené	+27pts de Vie	Rare
Brise Alliance	+30pts de Force	Légendaire

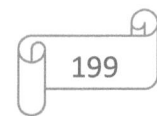

LES POTIONS

> **Les potions de vie :**

Potion	Caractéristiques	Catégorie
Vie basique	+20pts de Vie	Commun
Vie mineure	+30pts de Vie	Rare
Vie majeure	+40pts de Vie	Rare
Vie légendaire	+55pts de Vie	Légendaire

> **Les potions de force :**

Potion	Caractéristiques	Catégorie
Force basique	+10pts de Force	Commun
Force mineure	+20pts de Force	Rare
Force majeure	+30pts de Force	Rare
Force légendaire	+45pts de Force	Légendaire

LE BESTIAIRE

➢ Les Terres Mandrares :

Créature	Caractéristiques
Soldat de l'armée sombre	Niveau = 1 Force = 20pts Armure = 15pts PV = 40pts
Sorcier de Tehala	Niveau = 1 Force = 18pts Armure = 20pts PV = 45pts
Garde Noir du Comte Nerrum	Niveau = 2 Force = 24pts Armure = 24pts PV = 60pts
Sorcier de Tehala évolué	Niveau = 2 Force = 23pts Armure = 21pts PV = 58pts

➢ Le Puy Méfron :

Créature	Caractéristiques
Soldat du Seigneur Kalranh	Niveau = 2 Force = 24pts Armure = 20pts PV = 40pts

> Les Glaciers Calomnum :

Créature	Caractéristiques
Sanguinaire des Glaces	Niveau = 3 Force = 35pts Armure = 43pts PV = 95pts

> Le Quatrième Royaume / Marécages de Zhalnor :

Créature	Caractéristiques
Troll de Nankage	Niveau = 2 Force = 25pts Armure = 20pts PV = 50pts
Goule funeste	Niveau = 2 Force = 20pts Armure = 15pts PV = 40pts
Nervi des Marécages	Niveau = 2 Force = 29pts Armure = 23pts PV = 68pts
Rôdeur putréfié amélioré	Niveau = 3 Force = 32pts Armure = 43pts PV = 87pts
Paladin gangrené supérieur	Niveau = 3 Force = 42pts

	Armure = 55pts PV = 99pts
Sorcier Shâari corrompu	Niveau = 3 Force = 30pts Armure = 35pts PV = 95pts
Abomination morbide solitaire	Niveau = 3 Force = 60pts Armure = 55pts PV = 135pts
Troll de Nankage supérieur	Niveau = 3 Force = 50pts Armure = 45pts PV = 115pts
Goule putréfiée du Néant	Niveau = 4 Force = 65pts Armure = 75pts PV = 123pts
Fantassin des Gorges de Duldarhan	Niveau = 4 Force = 40pts Armure = 55pts PV = 105pts

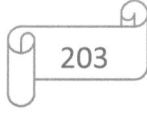

LES BOSS

Nom	Caractéristiques (Phase 1)
Chevalier Noir Krïnhom	Niveau = 4 Force = 65pts Armure = 70pts PV = 180pts
Comte Nerrum	Niveau = 4 Force = 55pts Armure = 60pts PV = 165pts
Nécromancien Thâar	Niveau = 4 Force = 70pts Armure = 75pts PV = 200pts

SOMMAIRE

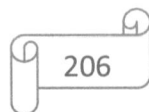

DANS LA MEME COLLECTION
CHEZ BOOKS ON DEMAND

TOME 1 – LES CINQ MAGES

TOME 2 – LE CHEVALIER NOIR

TOME 3 – L'ARMÉE SOMBRE

TOME 1 A 3 – L'HISTOIRE DES TROIS GUERRIERS

RETROUVEZ EGALEMENT LES VERSIONS ANGLAISES, ESPAGNOLES, ITALIENNES ET PORTUGAISES DE CES ROMANS…

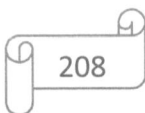

Merci à mes lecteurs/lectrices pour leur fidélité, bienvenue dans l'univers heroic fantasy médiéval d'Hissfon.